深藍色的七千米

于瀟湉　著

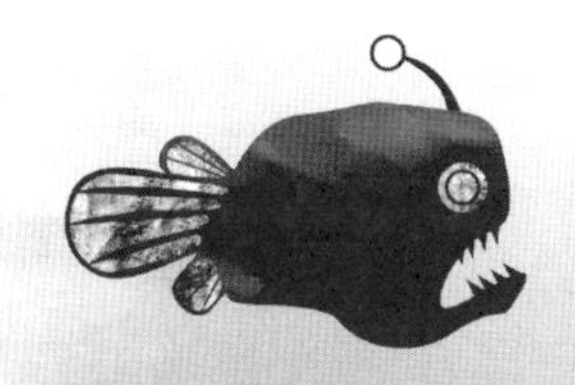

中華教育

序言

海洋佔地球表面積近71%，其中，國家管轄範圍之外的國際海域則佔地球表面積近一半。國際海域的海底蘊藏着多種自然資源，是地球上尚未被人類充分認識和開發的資源寶庫，並且對於地球科學、生命科學、環境科學等許多科學領域，都有着重要的科研價值。

2012年6月，「蛟龍號」載人潛水器在北太平洋馬里亞納海溝創造了下潛7062米的中國載人深潛紀錄，同時也創造了世界同類型載人潛水器的最大下潛深度紀錄，這標誌着我國深海載人技術達到了世界領先水平。廣袤浩瀚的深海，對於我國的科研專家來說，再也不是一片無法探尋的未知世界了。

十五年前，當「蛟龍號」的研發和試驗剛起步時，我國已經缺席世界載人深潛領域五十年，而當時，我國的載人深潛紀錄也僅有幾百米。從幾百米到7062米，在短短的十年間，「蛟龍號」的科研團隊團結協作、奮力拚搏、自主設計創新。他們不畏大洋深處的各種危險與挑戰，與颱風周旋，與時間賽跑，與高温戰鬥，挑戰深海極端環境，克服了技術基礎薄弱、隊伍年輕缺乏經驗等困難，終於攻克了一道道難關，完成了我國載人深潛技術的跨越式發展，為我國在全球大洋開展深海資源探測和科學研究提供了強有力的技術支持，是我國海洋戰略的重要組成部分。

「蛟龍號」的研製和試驗過程得到了黨中央、國務院的高度重視。中共中央總書記、國家主席、中央軍委主席習近平同志率國家有關領導同志親切接見了載人深潛先進集體和先進個人代表，中共中央政治局常委、國務院總理李克強同志多次對載人深潛工作做出批示，並發來賀電，極大地鼓舞了團隊的士氣。2018年12月，「蛟龍號」首席潛航員葉聰被黨中央、國務院授予「改革先鋒」稱號。

截至2018年11月，「蛟龍號」已成功下潛一百五十八次，在太平洋和印度洋下潛幾十次，考察了深海生態環境和礦產資源，取回了大量深海樣本，圓滿完成了各項下潛任務。伴隨着「蛟龍號」一步步踏入國際領先領域，「蛟龍號」科研團隊也從初出茅廬到走向成熟，成為未來我國深海事業發展的中流砥柱，為建設創新型海洋強國貢獻了力量。

蔚藍海洋蘊藏着無盡奧祕，人類對海洋的探索永無止境。希望《深藍色的七千米》的出版能使廣大青少年讀者更加了解「蛟龍號」，激發他們對我國深海探測的興趣、對廣袤海洋的熱愛、對海洋科學的嚮往，為少年兒童打開一扇通向海洋世界的大門。

「中國載人深潛英雄」稱號獲得者、「蛟龍號」潛航員、工程師：

2019年2月

目錄

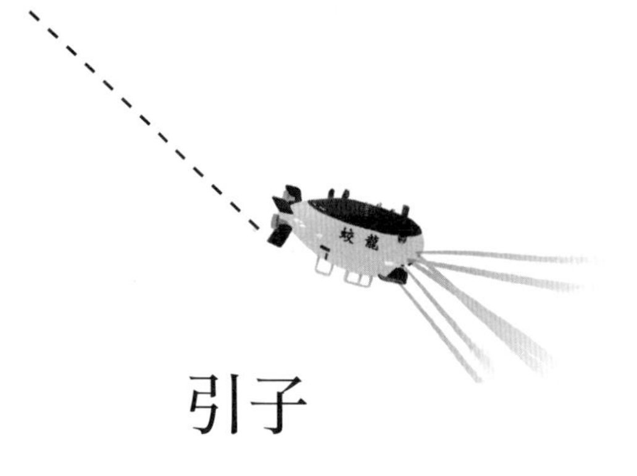

引子

一艘潛水器正緩緩穿過西印度洋。它有八組燈，一起打開時，光柱將面前八九米的地方映成了冰藍色，彷彿將海水鑿出了八條洞穴。

潛水器名叫「蛟龍號」，幾個小時之前，它從印度洋的海面向下、再向下，攪起的氣泡掠過那些風暴般的魚羣，消失在褐綠色的海藻森林中。然後，黑暗便襲來了，愈聚愈多、片片甦醒，直至將它包裹。

潛航員付雲濤、唐佳霖和科學家楊敏正坐在狹小的球艙中，透過圓形的觀察窗向外凝視，他們來到了地球上最黑暗的地方。

付雲濤二十四歲，唐佳霖二十三歲。加入「蛟龍號」團隊之前，他們從未見過大海，大海也不認識他們。他們倆一個來自湖南，一個來自四川，來參加潛航員考試時，才第一次見識到了海。那次相遇徹底改變了兩人的命運，誰能想到，最後只有他們兩個通過了全部考試，成爲我國第一批潛航員。而在那之前，他們周圍甚至連知道「潛航員」這個職業的都沒有幾個人。

那已經是許多年前的事了，但每次下潛，他們都還會想起。

此刻，鯊魚形狀的「蛟龍號」是深海中唯一的光源。他們正緩緩逼近目的地——近3000米深海處的山脈：洋中脊。如果你能把海水排開，就會發現，那幾乎是地球上最大的山脈，它穿過地球上所有的大洋，擁有一道長達十幾公里的裂谷。跟這座山脈相比，「蛟龍號」就像是古老地圖上的一枚圖釘。

潛水器內部的儀器屏幕上顯示，當前的深度是2984米，準備着底，從「蛟龍號」的腹部兩側無聲無息地落下了兩組大鐵塊。

「注意注意，壓載鐵已拋下。我們要着底了。」唐佳霖提醒道。

燈光下，壓載鐵攪起的白色粉塵毫無節制地撲過來。過了很久，他們才能再次看清窗外的景象。那裏遍佈大大小小的石塊，拳頭狀，灰色夾雜着白色。如果它們能發出聲音，一定是一片憤怒的吶喊。可惜它們的聲音被海水吞沒了，只能攥緊拳頭忍受着。

「這些石頭的形狀，是海底火山造成的啊！」楊敏激動起來，她是研究海洋地質和生物的專家，「是熔岩把它們變成一坨一坨的，又沿着火山的斜坡滾落，就成了現在這樣。」

付雲濤目不轉睛地凝視着前方的觀察窗，他坐在主駕駛的位置，小心翼翼地操作着「蛟龍號」。在他頭頂，有整整一面牆，閃爍着各種各樣的按鈕和儀表燈。

「這座火山還很年輕，最近還在活動。唐佳霖，麻煩幫我測一下現在的海水温度。」楊敏說。

坐在左側觀察窗旁的唐佳霖看了一眼儀表，「1.7度。」

「不是這裏，不是這裏！我要找的是那個地方，温度肯定有兩三百度，是個『黑煙囪』！」

「黑煙囪」才是他們這次下潛的目的。在海底火山口附近，滾燙的熱水遇到冰冷的海水，一時間濃煙滾滾，彷彿剛被澆滅的爐子，因此被稱爲「黑煙囪」。

楊敏換了個跪姿，趴在窗前，拍照、觀察、記錄。「唉，就像購物狂進了大商場一樣，我甚麼都想要啊！水樣本、岩石、沙子樣本……啊，看，那是甚麼！」

隨着岩石斜坡的爬升，一大片零零星星的白色花朵展現在面前。

「花？這裏怎麼會有花？」付雲濤也愣住了。

「不可能有花！在這個海底深度，你看到的所有像植物的生物，其實都是動物。我看看……那些花都是海葵！」

每一隻海葵都擁有無數根絲線一般細長的觸手，張張合合，潔白柔軟。先是幾隻，接着十幾隻，錯落在岩石上。

「的確是海葵！我們到了，這一定是『黑煙囪』附近。」

「蛟龍號」沿着陡峭的火山斜坡攀爬，45度的斜坡，稍有不慎，就會剮擦到潛水器的底部。當它一躍到懸崖頂部時，只見無邊無際的海葵蔓延成片、張開觸手，彷彿剛剛落地的蒲公英，還沒有扎下根鬚，只得隨着洋流左右搖擺。在海葵的近旁，貽貝簇擁在一起，像蘑菇一樣，一片挨一片地生長。

「這裏在地理學上被稱作熱液區，由於火山的原因，這裏的熱液從『煙囪』裏噴出來，與外邊冰冷的洋流相遇，冷熱交織，就瞬間凝固，變成了一個個『黑煙囪』，持續地冒着煙。這裏沒有太陽，這些『煙囪』就是所有生物的太陽。」楊敏興奮地解釋，不禁再次驚歎，「這裏可真美啊！小付，你幫我採集一點樣本，那個海葵幫我弄一隻帶回去。」

潛水器慢慢靠近，模仿人類胳膊的機械臂戳了戳一隻海葵，牠不躲不藏，不驚訝也不歡喜，只是輕微地張合。

「你看，牠們都不怕人。」付雲濤輕輕鬆鬆地就撈了一隻海葵，可牠太柔軟了，一托起來就被洋流沖走了。

「這說明我們是牠們見到的第一波人類啊！海葵抓不到的話，能來一塊沉積岩嗎？」楊敏想站起來指是哪塊石頭，但『蛟龍號』的球艙不高，她只能彎下腰，盡量把頭伸到主觀察窗附近。

唐佳霖向後挪了挪身子，給她讓出地方，同時無意間瞥了一眼楊敏那側的觀察窗，他幾乎驚呼出來，緊接着就把楊敏推回座位上，而後者還在比較哪塊石頭更大，於是不大樂意地在位子上扭了扭身子。

「楊老師，您仔細看看窗外。」

觀察窗外的景象讓楊敏和付雲濤同時大吃一驚。「蛟龍號」離「黑煙囪」太近，窗外黑煙滾滾，直撲而來。

「這『黑煙囪』快燒到潛水器了！得趕快離開！」

付雲濤的聲音激得人起了雞皮疙瘩，只見他兩腮上的線條緊繃着，讓楊敏覺得，他的鎮定之下，正暗藏着遽然湧起的緊張。

「不採集樣本了嗎？」楊敏問。

付雲濤不說話，眼睛盯着屏幕，手上握着潛水器操縱桿。他已經以這個姿勢跪了四五個小時，像爬山虎一樣定在艙壁上。

唐佳霖年齡小一些，脾氣似乎也小一些，見潛水器離開了那一處黑煙，他鬆了口氣，但還是免不了責備楊敏：「您是科學家，應該知道，整個潛水器最脆弱的地方就是玻璃，如果黑煙囪使玻璃熔化，那麼海水瞬間就會進來。這裏是深海，壓力使得每一滴水都會變成最鋒利的手術刀，可以瞬間把我們和潛水器切開……」

楊敏仍想說點甚麼，卻聽到付雲濤在向母船申請上浮。

「怎麼？這就要上浮？我們下潛一次不容易，應該多採集點樣本回去研究的啊！」

「剛才靠『黑煙囪』太近，說不定潛水器已經受到了損壞，繼續下潛風險太大。」付雲濤不留餘地地堅持。

付雲濤操作潛水器，再次扔出壓載鐵，然而屏幕上顯示，這次只拋出了一塊，另一塊壓載鐵卡在了出口。他和唐佳霖迅速地交換了下眼色，空氣瞬間變得凝滯起來。

這氣氛很快被楊敏捕捉到了，「怎麼了？出甚麼事了？」

深深吸了一口氣，付雲濤才答道：「有一塊壓載鐵沒拋出去，這導致潛水器上浮的浮力不夠。也就是說……」

潛水器的壓載鐵每次都是根據「蛟龍號」下潛的深度和海水密度等條件算好重量的。當下潛到目的地時，必須拋出兩塊壓載鐵，才能懸停作業。而當他們想要上浮時，也必須要不多不少地再拋掉兩塊，才能使潛水器獲得足夠的浮力，浮上海面。

唐佳霖太清楚只拋掉一塊壓載鐵意味着甚麼了，他慢慢地、一字一句地說：「我們，可能浮不上去了。」

「唐冉，快把車子推出來，我們要去夜市出攤了！」

穿着件發黃汗衫的男孩一動不動，目不轉睛地盯着電視。「蛟龍號」的紀錄片正播到關鍵處，他的心被懸着，立在那兒，對媽媽的招呼充耳不聞。

媽媽過來，「啪」地一下把電視關上了。

可男孩依然站在黑下來的屏幕前，好像用力看，還能分辨出一點人的輪廓來，讓他把後邊發生了甚麼看完。

從那個傍晚開始，那艘潛水器便游進了他的腦海裏，再也沒有離開過。

這是我們的大船，船長
大風呼呼吹進，四面都是窗戶
藍色的門向着大海，白帆正在升起
我們就要起航，船長

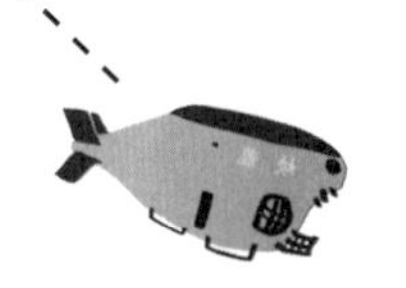

第一章

白色大船

總有人說海天一色，海是天空的倒影，然而那是不對的。海不是誰的倒影，海就是海自己，付初想。

腳下的石板濕漉漉的。他抬起頭，一陣霧揚了一頭一臉。每當六月開始，這個沿海城市春夏交接之初，海霧便起來了。它細雨一樣，驅趕太陽、越過圍牆，在每一塊上了年頭的磚石上平鋪直敍。天知道他有多討厭這個季節，海彷彿是和天空包裹在一起，不清不爽的。

付初今年十二歲，再過一個月就要小學畢業。他正被裹挾在長長的隊伍裏，轉着頭，企圖在大霧中尋找海鷗的身影。他的同班同學謝蒙和沈魚一個前一個後，把他夾住了。老師叮囑過，今天的校外參觀活動，得派兩個人給付初當「門神」，負責把他看好了，省得他東跑西竄。

付初踢起一塊石頭，追逐着它走出了隊伍。可他剛從列隊中閃出來，就被謝蒙揪了領子，「去哪兒?」

謝蒙個兒不高，臉像是麵團捏出來的，白淨的大臉盤，鼻子眼睛都小小的，可是手勁倒不小，總是窩着一手心的汗，捏人一下一個濕手印。

付初摸了摸口袋，還有十塊錢，他咧開嘴，勉強掙出一個笑，「我去買瓶水，都要渴死了！」

超市收銀員邊結賬，邊盯着付初的校服直樂，「現在的小學生都穿水手服了啊！」

「就我們學校穿成這樣，我們是海洋特色學校。」

收銀員「哦」了一聲，瞥了一眼窗外長長的隊伍，問他們幹嗎去。

「看我爸去。」

「上港口來看你爸?全校都跑來看你爸?」

「對啊!」付初答得篤定，擰開可樂蓋子，仰脖，灌了一大口進去。

付初跑回到隊伍裏時，霧氣繚繞成了一條淺薄的飄帶，被遲來的陽光照了照，就沒了。眼前突然透徹起來，面龐、聲音、景色，都像是被陽光一寸一寸刷到這個世界上似的，鮮亮亮的。港口上起了一陣小小的騷動，那不是因為霧或者他，而是因為眼前的船。

一艘通體潔白的大船，足足有三層樓那麼高，在海面上載浮載沉。聽得到碧玉色的浪花撞碎在船體上，拍打着鋼鐵船壁。

排隊等待上船的隊伍好似毛蟲，付初踮着腳向船上望。甲板雪亮如刃，國旗鮮紅怒捲，參觀者們捏捏扶手，摸摸舷窗，小心翼翼，好像觸碰着的是嬰兒的胳膊。維持秩序的武警站得筆直，穿一身草綠色的制服，外邊綁着橘色的救生衣。

謝蒙撲哧一聲笑出來，「穿成這個樣子，好奇怪哦。」

有個穿褐色衞衣、賣貝殼的小販坐在一旁，一堆潔白的貝殼攤在他面前的地上，他原本對着貝殼發呆，聽到這話，抬起頭瞥了謝蒙一眼。那一眼只是在他身上掠過，看也等於沒看，然後又低下頭，瞬間又變得對周圍的一切都漠不關心。

謝蒙樂了，這人兒，也不像其他賣紀念品的小販一樣吆喝，真怪。

付初也多看了他幾眼。海邊不缺貝殼，但這些貝殼是特地被挑出來的，顏色多為白色，全都骨質均勻。它們沿着對稱的螺旋形狀生長，像是在展示甚麼世界真理級的奧義。小販用指腹逐一撫摩它們，像富豪數着自己的金幣。

最靠外的貝殼一溜兒排開，壓着一張紙，上面寫着一段話：

如果把世界捲一捲、收一收，藏進一隻海螺裏，你會挑哪隻螺呢？

胭脂旋螺擁有粉紅色的腹部，光滑明潔；維

向陽紅09
XIANGYANGHONG 09

納斯骨螺形似一把潔白的梳子，條分縷析；芋頭狀的雞心螺佈滿橘色條紋，擁有劇毒——五光十色的螺，哪一顆是你呢？

付初想停下挑一兩隻貝殼，卻聽到旁邊的沈魚嚷嚷：「你們看，這個船好奇怪啊！上邊有道橘色的拱門！那是甚麼啊？」

沈魚長着一雙金魚一樣的眼，一用力看東西就會從薄薄的眼眶裏狠狠地凸出來，手上也跟着發狠。此刻，她都快把手裏的零食海苔給捏碎了。

「給我幾包海苔，我就告訴你那是甚麼。」付初笑嘻嘻地湊過去，用食指和中指把海苔從沈魚手裏夾出來，他把一大張海苔捲成蛋卷形，塞進嘴巴。海苔一濕就緊緊貼住上顎，他用舌頭去舔，再說話時就「唔嚕唔嚕」的，「其實吧，那個拱門是船員用來——打、鞦、韆的！」

這時，那個整理貝殼的小販往他這邊迅速看了一眼。四目相對，付初打了個寒戰。那個眼神和剛才的全然不同，好像是一個人長了兩雙眼似的。

小販二十歲上下，還未脫學生氣。細手細腳，白白的臉上嵌了一雙狹長、漆黑的眼睛。他看人用足力氣，彷彿要拚命把人家盯出個窟窿來似的。

「那個拱形門叫A型架，是用來移動潛水器的，不是打鞦韆的。還有，這艘船是潛水器『蛟龍號』的母船：向陽紅9號。能不能別把零食渣掉在這裏？畢竟這是很重要的科考船。」小販對付初他們說道，音量不大，卻聽得清清楚楚。接着，他又擺弄起貝殼，凝視着海面。海鷗們聚集在岸邊，隨浪起起落落，偶爾歇在浪上，小紅爪子迅速拎起一條銀魚，飛出一段段曲線；曲線繞過一羣在沙灘上打排球的老人；穿過幾個剛從海裏鑽出來的老頭，他們剛沖完涼，正用毛巾「啪啪」地打着自己光光的脊樑。

付初覺得小販的目光似看非看，去的地方比這裏更遠。他也跟着抬起頭，只看到白色大船泊在海面上，像是天鵝滑行在湖面。大船上的窗戶像眼睛，泡在一團神祕裏。付初的爸爸就屬於那團神祕的一部分，是大海深藍的神祕中，最柔軟的一部分。

他還想再多看幾眼，只覺得後背被人推了一下。沈魚對他吼了一嗓子：「快點兒走，你前邊空出好大一截了！」

付初的前腳掌踩着別人的後腳跟，被隊伍裏挾着，被身邊的人推搡着，一直往巨大的白船走去。再走幾步，就是過安檢的地方了。

甲板是藻綠色的，剛沖洗過，有輕微的消毒水味，混合着海腥味。浪花連綿湧來，船身發出「咣噹咣噹」的敲擊聲，小臂那麼粗的纜繩拴在碼頭的鑄鐵樁子上。船輕微晃動，一隻紅嘴的海鷗衝過來，鼓鼓的肚子下，小巧的爪子勾在扶手上。

付初平攤手掌，引逗着這隻海鷗，牠用兩顆小如綠豆的眼凝視了一會兒，決定再次起飛。付初不由分說地追了上去，海鷗沒搭理他，引着他到了一塊人少的地方，抖抖翅膀，叫了一聲，便輕盈地飛走了。

真是無趣，付初的興致一下落到地，這時，幾個人的爭執清晰地傳了過來。一個衣着邋遢的男人，一手擎着一架無人機，一手夾着煙，正起勁地和負責安檢的武警叫嚷着。

「哎，怎麼連煙都不讓抽啊?甚麼甚麼，無人機也要沒收?算了算了，我惹不起你們。」

他一揚手，煙頭畫了道閃亮的弧線，被扔進了海裏。

「現在行了吧?」他嘴上還冒着煙，往前衝去，沒走幾步，就上來一位武警，把他攔下了。

男人大吼起來:「怎麼，無人機你們不讓帶，現在我連船也不能上嗎?」

聲音攪擾了隊伍原本的隊形，有人看過來。

賣貝殼的小販飛快地跑過來，神色困窘。

「爸，今天是『蛟龍號』開放日，你別亂嚷嚷。要不我們回去吧。」聲音不大，與剛才對付初說話時的冷硬不同，現在的他是無奈的、央求的。

「回去?憑甚麼?開放日不就是讓人來看的?別人都能看，我就不能看了?」男人一仰油津津的臉，一頭亂髮蓬鬆着，被海風吹起了一半，像一棵歪了脖子的樹。

「請您注意個人形象!如果再妨礙公務，我們就要拘留您了！」武警沉着臉，「別說無人機，就是手機都不允許拍照，這是規定。」

男人冷笑兩聲，把長到虎口的袖子捲了捲，伸出手，攥成拳送到武警面前，「來啊，把我銬起來啊！」

「爸，別在這兒丟人了！」賣貝殼的小販仰起頭，眼已經紅了一圈，「今天是我錯了，不該求你帶我來看潛水器，我們真的這就回去吧……」

可是來不及了，武警已經一人一邊夾着男人，迅速把他押走了。

「唐冉，回去跟你媽說——」男人扭着頭嚷嚷，喊着小販的名字。

這下子，唐冉急了，他把那些丁零當啷的貝殼首飾胡亂兜起來，要追上去，可是黑壓壓的參觀隊伍這時過來了，一下子把他衝出去好遠。

他拎着的那隻黑色塑膠袋，被這許多的胳膊推來搡去的，袋裏的貝殼發出「嘩啦嘩啦」搓麻將一樣的聲音。

因為擔心貝殼碎掉，唐冉停下來把那個巨大的袋子抱在胸前，就這麼一會兒的工夫，扣着爸爸的兩位武警就不見了，只有另外兩位替補站崗的新武警不明就裏地盯着他看。

纜繩在身邊絞緊，發出一種吸氣般的「吱吱」聲。付初看到唐冉把貝殼命一樣護在胸前，像是衣服裏塞了頭熊，他想上去搭把手，然而安檢的隊伍就要輪到自己了。

正猶豫的時候，安檢的儀器「嘀嘀」響了起來。

「水，喝幾口。」

安檢員把可樂遞給付初，他急忙仰頭喝了一口，眼睛卻盯着唐冉那邊。氣泡沖到喉嚨，一激，猛烈地咳起來。安檢員擺擺手，示意可以了，付初再一看，唐冉的背影已經走出去好遠。

付初凝視着那個背影，看着他一步一步，一直走下連接船和陸地的舢板，路過堆積如山的儀器設備，路過退潮時如被蛇爬行過的海灘。

付初剛上了船，今天的參觀人數便達到了上限，參觀通道關閉了。

船，要起航了。

繩索搖擺、舢板起落、指揮隊伍的吆喝聲聲入耳，聲音在幽光閃閃的甲板上滑行。

謝蒙用他肉乎乎的手一戳一戳地數船上的窗子。他手指關節處胖出了一個個小圓窩，每報一個數都要戳那些小窩窩，

「十八、十九、二十……二十九，哇！整整三十扇窗子！太了不起了！」

付初「噘」了一聲，「才看到這兒就覺得了不起了啊，這船上的潛水器更了不起，能下潛到海底好幾千米呢！」

謝蒙瞪了他一眼，也「噘」，「說得就跟你見過似的！」

「當然，我見過！」付初盯着甲板上穿藍色海軍服走來走去的船員，大聲宣佈，「我爸爸就在這艘船上工作的！」

「你爸？」謝蒙驚奇地轉過臉，眼睫毛差點撲到付初臉上，「你爸在這船上幹甚麼？」

「他是這艘船上的老大。」

「騙鬼吧，潛航員和船長都上過新聞的，我怎麼沒看到過和你長得像的？你說說你老爸是哪一個！」謝蒙嚷嚷起來。

「你那麼有能耐，自己去查不就完了。這船上哪個姓付，哪個就是我爸。」

「我的天！不是吧？你爸爸，是，是深潛英雄付雲濤啊？」謝蒙捂住嘴，手背上的小肉窩放射開來，像是同時張開了好幾張小嘴。

猛地，船晃動了一下，無聲無息地起航了。謝蒙瞬間忘記了剛才的話題，緊緊凝視着海面。

無論生活在海邊多久，這片遼闊的大水仍然神祕。大家趴在船舷邊，看着白色大船劈開波浪，平穩地向前行駛。靛藍海面，湧浪拍打，如同一匹藍綢子，被反覆裁開又縫合。

運送儀器的小車從艙底升上來，穿藍色工裝、頭戴黃色安全帽的船員們忙碌着。一輛巨大的軌道車緩緩地在甲板上前行，車前吊着上紅下白的潛水器，「蛟龍」兩個大字赫赫在目，一方國旗印在左上方，大大的觀察窗宛如魚頭頂兩側的眼睛，上挑而有神。在電視上看到「蛟龍號」時，它通常是在深海之中的，作為那裏唯一的人類文明，顯得挺孤獨。此刻它這樣掛在吊車上，倒好像摩天輪上的一個車廂。

負責講解的是一位穿海藍色作業服的叔叔，對着一羣孩子，他顯得有點兒局促。一開口，是南方口音，語氣爽利，笑容憨厚，倒更有北方性格。

「我是葉林，這是我們國家自主研發的載人潛水器『蛟龍號』。你們一定不知道，這樣能把人帶到幾千米深海去的潛水器，目前全世界只有美國、日本、法國、俄羅斯和中國才有。而在所有載人潛水器當中，唯有我們的『蛟龍號』年紀最小，可是下潛的紀錄卻到達了7062米，這是全球同類潛水器最深的紀錄。這意味着『蛟龍號』能夠去探索全世界90%以上的海域。這件事特別了不起，因為在這之前，人類探尋了南北兩極，上達月球天宮，卻很少來到幾千、上萬米的深海。在海中，每下潛10米，壓力就會增加一個大氣壓。即使是鋼板，到了深海也會被海水壓成一塊麪團。潛水器上即使有小得像頭髮絲那麼細的裂口，滲入的海水也會變得比子彈還快，貫穿人的身體。設計『蛟龍號』前後花了十年，真的很不容易！我是『蛟龍號』的設計者之一，也是潛航員，同時，還是一會兒帶領你們參觀的『導遊』。今天的開放日會實行下放演示，一會兒大家可以湊到前邊來觀看『蛟龍號』的內部結構。」

軌道車移動到了預定好的裝載位置，便停下來，正落在高大的A型架下。一陣轟隆隆的響聲，四個吸盤似的東西緩緩放下，把主吊纜扣在「蛟龍號」上，旋即一盪，潛水器便被擺到船尾。

「這個巨大的門框似的東西，叫A型架。大家可以看到，A型架、救生艇以及武警身上穿着的救生服都是橙色的，因為這種顏色在海中特別顯眼。而且據海洋生物專家研究，鯊魚格外怕這種顏色，如果牠們遇到在大海中的落水者穿着這種顏色的衣服，那麼即使餓着肚子也不會接近……」

這東西真的叫A型架啊，這不也和打鞦韆差不多嘛，付初想着。不知道為甚麼，那個背貝殼的小販在他腦海中一閃而過，他一定比自己更渴望登上這艘船吧，卻被那個不着調的爸爸拖了後腿。真可惜，畢竟開放日一年只有一天，這樣的機會太難得了。

付初的心思一半起起伏伏，一半卻在聽「蛟龍號」的介紹。鈦合金的外壁，堅固抗壓，和火箭是一樣的材質。中間的球形載人艙只能坐三個人。其他的空間還要分給頭部的攝影攝像機，一對像人胳膊一樣的機械臂，一個用來放樣本的採樣籃，以及八組燈。尾部還有推進器、聲吶和蓄電池箱。腹部兩側有凹槽，可以放入壓載鐵。人在艙內，靠着三面觀察窗看外邊，它們一個最大的在最前，兩個稍小的在兩側。這樣下來，三個人便只能蜷縮在球艙裏。他們要能夠不吃不喝地工作十多個小時，還要靈活地處理複雜的海底情況，更要有強大的心理素質，不懼不怕。這樣的人叫潛航員，從事這一職業的，全世界不會超過五十個人。

沒人提老付，付初想。背地裏，他一直管爸爸叫老付。沒人提一個廚子，哪怕他是在「蛟龍號」的母船上給上百號人做飯也不行，哪怕他和下潛英雄付雲濤一個姓也不行。

「你爸爸，是個奇才！他工作的船都上央視新聞了！」奶奶說起爸爸，總是一副沾沾自喜的模樣，一天總不忘說上八百遍。

如果爸爸回家了，奶奶就更高興，連出門買個菜都要扯上爸爸，見人就打招呼：「這是我兒子，剛從向陽紅9號科考船上回來的。」

爸爸也樂得眉毛鬍子都抖起來，陪奶奶去菜市場，好啊，他本來就是幹這個的。

挑菜買菜儲存菜，在船艙的底部，拍拍冬瓜，擇擇香菜，或者用叉子翻轉潮濕的蔬菜，讓它們變得乾燥一些。

付初想像着爸爸的樣子，就像在陰暗礦底的小矮人，拿着一顆剛採到的雲母傻笑。但是突然憑空出來一隻巨手，把寶石拿掉，換上番茄，爸爸還是傻笑。

圓白菜，包得緊，好儲存，要多買。

大蒜頭，拌涼菜，烤生蠔，多多撒。

番茄和黃瓜，紅配綠，一個炒雞蛋一個和肉炒，都是下飯菜。

韭菜是北方人的最愛，可惜容易爛，那就只能最後一港上。

爸爸知道所有隱藏在犄角旮旯裏的菜市場，他知道所有蔬菜的儲存週期和營養搭配。船上的人叫他「老大」，連船長見了他都笑瞇瞇的，那不過是因為在海上，一口吃、一口喝的都值得敬畏。一到了岸上，食物變得不再那麼難以獲得，他這個「老大」瞬間就變老幺。

爸爸拿回來的船上工作人員的合影中，要找好久，才能在最後一排的角落裏，看到他那碩大的腦袋，夾在肩膀的縫隙裏，涼涼地露着。

奶奶收集一切關於「蛟龍號」報道的報紙，囤多了就拿繩子一捆，堆在付初的牀底下。她跪下來，拱起圓尖的背，只留下頭和手在牀板下摸索。

「你乾脆把牀拆了，讓我睡在這堆報紙上好了。」付初拍拍牀板，「你乾脆把家裏東西都扔了，囤報紙好了。」

「放到你牀下，有同學來玩，你可以拿出來給他們看啊。你爸爸……」

「他們不看不看不看！甚麼年代了，誰還看報紙啊！」他煩躁地打斷老太太的話。

付初跑去問媽媽：「媽媽，你能不能給我換個爸爸?」

「換個爸爸?那生出來的就不是你了!你都不存在於這個世界上，還有甚麼資格提要求?」

媽媽都蘭正學習着把家當船艙管理。老付告訴過她，在有限的空間裏，物品必須分批次、按優先級購買。比如他要給船採購食物，一次買完不行，必須根據航海路線設計最佳購買方案，分批次買完。

所以，她把所有事情都按優先級排了一個序，付初這種小屁孩的混賬要求，在序列最底端。不過這句話還是讓她心中悸動了一下，她盯着付初，眼睛像海面上最早出現的星子，寒冷、透亮，「不要把這種話說給你爸聽，他會傷心的。」

我倒是想說給他聽，問題他老不在家啊，付初氣哼哼地想，一年出海二百多天，回來不到一百天，還要忙着去菜市場

「考察」。都是姓付，老付和付雲濤真是雲泥之別啊！

付初在合影上看到過那位英雄，寬眉深目、鼻懸口闊，上寬下窄的臉，總是留着適宜的板寸，就像頭頂伏着一隻小刺蝟。多麼白皙而有朝氣啊，這種爸爸才值得到處炫耀呢！

而老付呢，隨着船，每到一個港口就去當地的市場上買大批的蔬菜，回來就舞油弄麪的。

船上是二十四小時供應餐食的，因為二十四小時都有船員值班，所以等到老付自己能吃時，只剩幾口涼飯了。他的胃常年不好，甚麼肉啊海鮮啊，都吃不動。

老付老付，這個「老」字用得多麼好，就像爸爸臉上的法令紋，那個「匕」字神似臉頰邊兩道溝。他真的就像一頭兢兢業業的老牛，付初想。

突然有人用胳膊肘戳了戳付初，他如夢初醒，恍惚地看着眼前的情景。薄薄的海浪上，海鷗浮動，小浪一聳一聳，形似從紙巾盒扯出了一半的紙巾。

甲板上多了四個人，他們統一穿着橘黃色的救生衣，豔麗的顏色，如一把刀，切開了藍色的邊界。

葉林走到他們面前，介紹道：「這是一隊蛙人，他們是科考潛水器下放到海中的幫手。」

謝蒙伸出一截舌頭，他一好奇就會這樣，「蛙人？哈哈，他們能像青蛙一樣跳下水嗎？」

沈魚聽見了，回頭狠狠剜了謝蒙一眼，他立馬閉上了嘴。

蛙人們放下了一隻小橡皮艇，它剛被投放到海面上，立刻就蕩漾起來，如同在鏡子上放了一把煙花。四個蛙人沿着晃晃悠悠的軟梯，下到小艇上。

小艇留下的黑色陰影被一陣陣猛烈的震動揉皺了，然而所有的顫抖都是一晃而過。「轟」的一聲，蛙人發動了小艇，螺旋槳打出一串白色泡沫。快艇圍繞着向陽紅9號行駛了一圈，最後在距離船尾數十米處停下待命。

A型架擺動過來，那個門框似的東西彎成了45度角。只剩一根主纜繩吊着「蛟龍號」的腰部，那繩子繃得緊緊的。白日灼灼，纜繩絞進絲絲流光，連海面上也都是明明滅滅的光點。那艘潛水器則彷彿一條大魚，正在拖拽魚鈎。然而力量懸殊，最終絞車開動，「大魚」慢慢沉入海中。

小艇「突突突」地畫了一個圈，靠了過來。淡淡的水汽將散未散，雖然是白天，可為了作業，小艇上還是開了燈，光影照出蛙人不同尋常的肅穆表情。

這時，一個蛙人穩住小艇，兩個蛙人抓住「蛟龍號」上方的把手，另一個倏地一躍，湧浪在他腳下掀出山峯，彷彿是托舉着他，跳上了「蛟龍號」的船身。他敏捷地拽下主吊纜和兩根拖拽纜，又是一躍，輕巧地回到小艇上。

小艇急急回轉，遠遠划開，「蛟龍號」便完全脫離了母船，直墜入碧藍海域，它周圍頓時形成了一圈圈漩渦，彷彿長鞭揮舞着紙片，使得海水旋舞起來，翻滾起劇烈的波濤。

參觀者們都還沒緩過神，葉林的手指遙遙一指，繼續解說：「下放完成，我們的蛟龍即將下潛，它的終極目標是7000米以下，比深淵還黑暗的海底……不過，由於今天只是開放日演示，所以沒有安排真正的下潛。大家還可以自行參觀關於『蛟龍號』的圖片及文字展覽。」

講解這就要結束了，大家難掩不捨地散去。付初這才想起口渴，剛才被「蛟龍號」深深吸引，手裏攥着的那瓶飲料已經被捂熱了。他一擰開瓶子，「砰」的一聲，一股白沫沖出來，在瓶子口上抖了幾抖，便岩漿一般，悉數噴到了甲板上。

付初忙手忙腳亂地從口袋裏掏紙來擦，一口袋剛拆開口還沒吃完的海苔又劈裏啪啦掉出來。暗綠色的海苔如同老舊的紙張般，一碰到甲板便碎成無數小碎片，經了海水後，便薄薄地黏在甲板上。

眼看着自己弄髒了一塵不染的甲板，付初更慌了，他放棄了找紙巾，而是蹲下來擦拭那些髒兮兮的小碎片。可禍不單行，手裏的海苔包裝也鬆開了，一陣風突然颳來，那張亮晶晶的包裝紙飛了出去。

與此同時，甲板上走出一個人。他先是盯着付初撅起的那半屁股，接着便一口氣跑過來，一把從背後抱起了他。

付初像是一隻待解剖的青蛙那樣，半空中踢着腿，等他看清楚是誰抱着自己，一股熱流湧上胸口，但他四下一掃，又冷硬地嚥了回去，不冷不淡地叫：「老付。」

「兒子！」老付蹭過來。

付初沒有叫「爸爸」，因為他發現謝蒙像一隻螃蟹，正在甲板上橫着走，還時不時豎起眼睛來瞄上一眼。

老付寬臉膛、寬身子，眼圓眉粗，手指卻是扁扁的荷包指，做起麵食巧而柔韌。他中等個頭，原本還能更高些，可惜白長了一雙長腿，脖子太短，肩膀上直接扛着個腦袋，像個被拍進去一截的鐵皮人。

他看東西，若要往高看，便得仰臉，聳起肩膀，若要往低看，就得彎腰曲背。

他有點兒潔癖，因此一向眼尖，麵粉裏的小蟲子、還沒洗淨的菜葉子都逃不過眼，這會兒，他發現甲板上東一塊西一塊的污漬了。

他捨不得放下付初，便窩下身子，像是吊車抱枕木那樣，靠近甲板。付初覺得一點兒都不舒服，泥鰍一樣在老付懷裏拱來拱去。

「別動別動，我先看看這是甚麼。」

他熱熱的氣息噴在付初的臉頰和脖頸上，讓付初癢得渾身抖動起來，口袋裏又簌簌地落下了好幾片海苔。

老付的目光追尋着海苔，直追溯到付初的那個口袋。

父子倆四目相對，「啪」，老付把付初放下來，一巴掌拍到了他的屁股上。

「是你把這船上弄這麼髒的?你才來了這麼會兒，就丟點兒東西上來。知道這船上有多少重要儀器嗎?掉進去一片灰都不行！」

「你幹嗎說我！你見不了我幾面，一見我就要囉唆！在家這樣，在你這個破船上還這樣！」

「破船?」老付眉毛一橫，忍不住提高了聲音，「全世界也沒幾艘這樣的船。它1978年就下水了，那時候我都沒多大，你就更是沒影兒的事。四十年了，一條老船，柴油推進器還像嬰兒的心臟一樣有力呢。還有，你們剛才參觀過的『蛟龍號』，這樣的潛水器，全世界不超過七艘！」

「那又怎麼樣?你也不過就是個在船上做飯的！」老付正說得口若懸河，付初冷不丁冒出一句。

老付愣了一愣，繼而露出擔憂的神情，「你這孩子心思都學歪了，怪我，不在家幾天，沒好好教你。你們宋老師呢?我得去和她聊聊！」

打甲板上蹦起一個「猴兒」，原來是謝蒙湊過來，「我去我去，付叔叔，我替您找宋老師去。」

付初斜了謝蒙一眼，得，這下他全聽到了——自己的爸爸不是下潛英雄，而只是個廚子！

光點在夜幕上打磨羣星，一根手指將天空和海洋撐開，在邊界線上放了一枚月亮，淺白色的。

臨海的街燈永遠染着一層霧氣，小攤們在它橘色的半徑裏支起陽傘、搭上烤架和白色塑膠製成的桌椅。他們把毛豆和花生放在一起煮，如果有人坐下來吃海鮮，上菜之前，會先點這樣一盤墊墊肚子。

付初拖着腳，走過一個個攤位，那些賣海鮮啤酒的小販看到他一個小孩兒，並不去招徠。他慢慢走到最不起眼的一個攤位前，一屁股坐到摺凳上。

這個攤位的主人寒酸到連套桌椅都買不起，油氈布支在木頭架子上，勉強擋住海風。桌子是三合板釘起來的，充當座位的摺凳不用時就收攏起來，像一副副破舊的撲克。

當地人管這種小攤子叫野餛飩，但它們卻掌握着食物的祕訣。每當付初發現家裏冷鍋冷灶時，就會找上這樣一家餛飩攤子，來上一碗。

他常來的並不是這個攤子，然而今天信步走來，卻被這一家搭在頂棚上的油氈布迷住了。油氈布上用深藍色的馬克筆寫滿了各種難解的詞彙：海陸風、古海洋學、潮汐、環礁、蟲海藻、橙帶蝴蝶魚……

字跡或舒朗或古雅，或細幼或狂肆，一看就是出自不同人之手。可千變萬化的字跡，所有的含義卻殊途同歸——海洋。

海洋就在街道正前方，是這裏每個人生活的背景，見怪不怪。但是在海平面之下發生的一切，卻幾乎無人知曉。潮汐怎麼生發，生物甚麼習性，海底地貌何等樣子，大家是不關心的。付初關心過，可他和那一切離得太遠。直到他看到了那塊油氈布，那些只有在專業的海洋書籍上出現的詞，就像絲帶一樣絆住付初的腳。

煤氣罐旁的鍋子正冒出大團大團的白霧，鍋裏撲朔迷離。老板娘拿一把笊籬不時攪動一下，霧氣驟散，一個個餛飩載浮載沉。

老板娘問他要甚麼餡的餛飩，他隨口答：「海菜的。」

晚上，媽媽本來是要給他包海菜餛飩的。可是現在，他卻飢腸轆轆地吹着海風。

剛才他回了趟家，媽媽都蘭早已經接到宋老師的電話，說了白天的騷動。在科考船上吃零食已經不對了，小小年紀就會撒謊更不應該；希望自己的爸爸是深潛英雄無可厚非，但歧視爸爸的職業則太不像話。他本以為晚上還有一頓訓等着，然而他回到家，發現媽媽正在打包。

左一碗排骨米飯，右一碗青椒炒蛋，最後盛了一碗紫菜蛋花湯，一齊裝進保温杯裏。都蘭看見他回來，着急地喊着：

「快點兒幫我把那雙運動鞋從櫃子裏拿出來，我要到醫院送飯去。你爸爸的同事住院了。哎，算了，你不知道放在哪個鞋盒裏，先過來幫我撐一下袋子吧。」

他過來把大食品袋子撐開，看媽媽放進去三四個保溫杯，又看着她滿臉紅光地扒拉鞋櫃子，把所有的鞋都翻出來倒了一地。她終於踩進了久已不穿的運動鞋，把高跟鞋和敞開的鞋盒子們一齊扔在那兒，「今天來不及給你包餛飩。你的事我聽說了，等你爸同事出院再跟你算賬。我先走了，晚上得在醫院陪牀，你自己記得寫完作業檢查一遍，早點睡覺。」

說完，她左手挎着食品袋，右手拎起垃圾袋，出門去了。付初回到廚房，案板上放着一段葱，高壓鍋上的噴氣閥正在滴水，用過的鍋和碗都油汪汪的，像一個個大嘴巴，但這些嘴巴都是空的。

簡直可笑！

爸爸的同事病了，關她甚麼事？甚麼時候連同事生病都需要陪牀了？那病號難道自己沒親人嗎？

他踢開一地凌亂的鞋子，打開門，揣上錢走上小吃街。

老板娘端了一碗餛飩，敦實的大瓷碗，「咚」的一聲放在付初面前，把他喚回現實。餛飩仰躺着，又白又胖，麪皮在湯裏擺盪，金魚尾巴似的。他用勺子撈一個，咬開，牙齒彷彿被彈了一下，原來是完整的蝦仁，臥在褐黑色的海菜當中。

一股暖流從胃底升上來，這才該是家的味道啊！

他凝神看那婦人在清凌凌的湯裏切蛋絲，扔進去香菜末、蝦皮和海菜。熱煙升起，水聲嘶嘶，不一會兒摺凳都坐滿了客人。

一個青年過來換了一罐煤氣，把空了的煤氣罐子拖到一邊。婦人跟他指了指付初，青年向他走來，「咚」地又放下來一大碗。

付初一看就樂了，攤主是怕他吃不飽嗎？還給他多下了一碗麪條。他坐在摺凳沿上，傾向前，研究着面前的兩大碗：湯淺麪寬，浮着香菜末、雞蛋餅、黃瓜絲。

青年放下了碗卻沒走，付初聽他「嗯」了一聲，問：「怎麼是你？」付初從碗上端抬頭，也問：「怎麼是你？」

眼前正是白天那賣貝殼的小販。

「這是你家的攤兒啊？」付初問。

唐冉點點頭，付初指着頂棚油氈布上的字又問：「這塊布哪裏買的？」

「沒得賣，那些字是我讓在這兒吃餛飩的客人們寫的。」

付初想起白天他對向陽紅9號如數家珍的樣子，「內容很適合你。」

唐冉摸出一支筆，「你要不要寫一個？我抱着你寫。」

「我字寫得不好，」付初重重歎口氣，「寫了那麼多作業和字帖也沒用。」

「對了，小孩兒，你寫完作業了嗎?」

「你怎麼跟我媽似的!總是作業作業的，好像我活着就只是為了學習！」

唐冉笑了笑，這一笑就顯得有些老成，「沒有一個媽媽會這樣想，相信我。」

他找了一圈沒找到摺凳坐，只得蹲着，用手指撐住桌沿兒，微微抬頭，眼瞳流轉，「學習不是活着的目的，而只是為了讓未來生活的選擇更多。當你遇到分岔的小徑，遇到很多選擇，學習帶來的能力愈強，選擇也就愈多，活看也就更從容。」

過了一會兒，他又說:「看來你是和家裏慪氣，吃完別在這兒佔摺凳，趕緊回家去吧。」

「我不回去！家裏沒人，沒意思。本來說好了給我包海菜餛飩的，可是我先是被我爸訓了一頓，再是被我媽扔在家裏。我媽明明做了飯，卻連個渣渣都沒給我剩下，你說氣不氣人!」

「像你這樣的公子哥兒也會挨訓?」

「我哪是甚麼公子哥兒啊！我爸是船員，船員苦哈哈的，還一年回不了家幾天。我是留、守、兒、童好吧！唉，我爸爸這個人啊，別看在外頭挺厲害，沒一會兒就做一桌滿漢全席，可是在家從不做飯。回到家，從上到下都得菩薩似的供着他，照我說，他不就是個廚子嗎?」

「不就是個廚子?我媽也不過就是個擺小攤兒賣餛飩的，連廚子也算不上。」唐冉的嘴角掛了一絲嘲諷。

「啊，我不是那個意思。」付初猛地意識到自己說錯了話，局促地雙手亂擺，「我，我不是瞧不上廚子。只是，同樣在一艘船上工作，我更希望我爸是潛航員，就算實在不行，船長、大副也都可以啊！你不知道，今天謝蒙發現我爸只是個廚子時，那眼神……」

「所以，這就是你的痛處，對嗎?你覺得爸爸給你丟人了，因為他身邊有英雄，而他卻不是英雄，他只是個普通人。」

付初將喝湯的勺子懸停在嘴邊，愣住了。他不得不承認，自己被說中了心事。

灑水車「突突」地開了過來，水花濺得到處都是，彷彿下起了小雨。風裏有一股輕微的煙味兒，燒烤的支架搭起來了。付初聽到水花「滴滴答答」地穿過樹枝，在花瓣上墜落；他聞到路面上揚起的蒸汽味道，混合着夜來香的氣息；一切在夜晚生發出舒緩的、「劈啪劈啪」的聲響，構成美麗的、如此平凡卻又不可或缺的景象。

「你好好想想，吃完了就回家去，這碗麵條算我請你的。」

唐冉站起來，頭頂遮住了一塊路燈，毛茸茸的髮茬，勾勒出黃色的線條，微微的、一掀一掀。

「你請我啊?那我還想再來一碗！」

唐冉沒聽見，付初無趣地環顧了一圈，正好和唐冉的媽媽對上了眼。婦人望着他笑了一下，手中不停下，一手托着皮，一手用筷子飛速蘸一下盆子裏的餡兒，抿一下，包起來，扔進鍋裏。

她那麼專注，周圍的客人們也吃得專注，似乎天下也不過碗口大，而面前這口餛飩就是碗中心。

忽然，付初聽到斷斷續續的交談聲火星一般躥了過來，「船……9號……潛水器……飛機……」

付初心裏一動，扭頭去看說話的人。只見在幾步遠的摺凳上，有個頭髮微捲的叔叔邊連呼帶喘地嚼着餛飩，邊和對面的人低聲聊着甚麼。坐在他對面那個男人，嘴角銜着煙，煙灰幾欲墜落，他眯起眼猛嘬幾口，摘下來彈一彈，另一隻手也不閒着，泛黃的手指在手機屏幕上左右滑動。

咦，那不是唐冉的爸爸嗎？

付初瞅瞅唐冉，他正在幫忙擀餛飩皮，髮絲垂下來，搭在秀氣的前額上，讓他想起那些古董花瓶上的掐絲琺琅。

好奇心一旦燃起來，便很難摁回去，付初決定去瞅瞅。他先把自己桌上的調料全倒進湯碗，然後若無其事地走過去，裝作要拿那邊桌子上的調料瓶子，一伸手，把它打翻在桌。

黑褐色的汁液像一縱隊突襲的士兵，在桌子上跨過楚河漢界，直逼桌角。那裏幾乎變成了天然的管道，調料悉數流到了捲髮叔叔的褲子上。

那些剛才還讓他的舌頭心悅誠服的濃油赤醬，瞬間變成一個個瘋狂的炸彈，在他薑黃色的褲子上濺出坑洞。

唐冉爸眼疾手快，忙把手機放下來，扯了十幾張面巾紙去阻擋那條該死的「河流」。

付初趁這手忙腳亂的空當，看到了手機屏幕上的照片：是一架無人飛機，好幾個俯仰、縱飛的角度，還帶前置鏡頭。

真是好東西啊！就是眼熟，唐冉爸上午不也拿着一架無人機要上船嗎?他還想再看幾眼，卻被拎着衣領，往旁邊一栽，「哪裏來的小孩兒，怎麼毛手毛腳的！」

唐冉爸終於把煙頭吐掉了，一股難聞的味道從他口中溢出，付初屏住呼吸，泥鰍一樣地溜出了他的掌心。

捲髮叔叔收起桌上的手機，二話不說扭頭就走。

唐冉爸連忙去追，又想起剛才聊到得意時把鞋脫了，忙跑回桌邊把腳拱進拖鞋，好幾下才把人字拖鞋掛在大腳趾和二腳趾之間，「吧唧吧唧」地直奔着捲髮叔叔離開的方向追去了。

付初正留神看他，突然之間，坐在摺凳上的人紛紛抬起頭，站起來，走開了。付初心下詫異，一回頭，發現周圍多出來好些人，圍繞着餛飩攤子。

幾個穿淡藍色制服的城管要求唐冉媽拿出營業執照、衛生登記證、健康證、消防許可證，然而唐冉媽顯然連聽都沒聽說過這些，一時間顯得局促不安。

唐冉站在中間，挺身出來護住媽媽和攤子，像是雛雞張開翅膀，擋在大車前邊。

「我不擺攤，該怎麼養活家人啊……孩子高中畢業就沒再讀了，我還想攢點錢讓他考大學呢。這個攤你們不能收走！」唐冉媽的聲音雖細弱，卻很堅定。

「我也不是要為難你們，不辦證件確實無法出攤，請理解我們。」

「就今天可以嗎？好歹讓我把這鍋餛飩賣了，不然隔夜就壞了。」唐冉媽再度央求，她用筷子挑起肉餡，「都是新鮮的肉，不經放。」

其中一個城管想了想，「這樣吧，這鍋餛飩我買下來，但是攤子必須撤掉。規定就是規定，畢竟你們無照經營了這麼些日子，需要補交罰款。到時候再來提車吧。」

「罰款多少錢？我交！」付初衝口而出，下意識地拍了拍口袋，想起自己只拿了二十塊錢，頓時失了自信。

他的聲音渺小、單薄，在嚶嚶嗡嗡的嘈雜聲中，如同被收在了一隻甕裏，銷聲匿跡了。

等下，家裏有錢！這念頭像一束光照亮了付初的頭腦。

他在人羣裏鑽進鑽出，發瘋似的跑着。媽媽會把一些錢放在抽屜裏急用，他從來也不碰，因此媽媽也從來不鎖那個抽屜。

衝進家門，四下打量，果然，鑰匙掛在抽屜上，但是沒有上鎖。付初一抽開，一疊鈔票蹦出來。他顧不上數，一把抓起來就塞進口袋裏。

等他跑回餛飩攤時，人羣已經散去，小小的冒着蒸汽的攤子消失了。於是他換了個方向——城管中心離這兒不遠，坐三站車就到了。

實際上，這個城市所有的中心部門都離得不遠，沿着海岸線蜿蜒排列，就像是一條長句子上的標點。

車緩緩靠站，付初跳下去。出乎他的意料，城市管理中心燈火通明，他走進去沒有遇到任何阻攔。這裏也像寫字樓似的，有一個個隔間，有的城管隊員在吃泡麵當晚飯，有的則趁換班之前趴在桌子上打盹兒。

他徑直走到吃泡麵的叔叔面前，說要替一個餛飩攤兒交罰款。

等到那個叔叔弄明白來龍去脈，一碗麵都坨了，付初勸他：「叔叔，你別吃了，冷的麵吃了胃疼。你可以去吃那個餛飩啊，熱熱的，從喉嚨滑到胃裏，很舒服的。」

「喲，這鋪墊做得夠長的。你說的那對母子已經交了罰款走了。」

付初把錢摸出來拍在桌子上，「錢在這裏，我替他們交，麻煩你把他們的錢還給他們。」

「這肯定不行！」

「這怎麼不行？」

「情是情，法是法，一件事歸一件事。」叔叔看了一眼錢，「你哪裏來這麼多錢？不會偷了家裏的錢吧？哎，小孩兒我跟你說，仗義歸仗義，偷的哪怕是家裏的錢都不行。情是情，法是法……」

付初蔫蔫地收起錢，轉身出了門。走在潮濕的夜晚裏，風把海曠遠的氣味吹來。腥氣伴着潮濕，頭髮上睫毛上都沾染了那種氣味。這座城市的所有人都被這種氣味包圍，久而久之，就愛上了。

走着走着，又走到那條小吃街上。不知道是不是眼花了，付初看見在他坐過的地方，放着一張摺凳，上邊擺着一碗餛飩。

他抬起頭，看到唐冉母子站在一旁，煤氣罐、拖車，還有油氈布都乖乖地收在一旁，只有一碗餛飩，冷掉的湯在燈光下搖曳。

唐冉先看到他，就一把拽住他，「小孩兒，可算把你等來了，快吃餛飩！」

「我？等我？」

「怎麼？不是你個傻孩子，吃了我們家餛飩樂得不行，說還想再要一碗？我們從城管那兒出來，在這兒等了你半天，都要被蚊子咬死了!」

唐冉兇巴巴地說着，把一支鐵勺子塞進還在發愣的付初手裏。

唐媽媽有點內疚，「可惜涼了，我們好不容易，就只留了這麼一碗出來，沒法保温。」

「作為補償，給你這個。」唐冉把一瓶醋放在餛飩碗旁邊。再一看，不是醋，是一瓶可樂。「我記得你愛喝這個，白天在船上，我看你拿了一瓶。」

唐冉目光如炬。剛才餛飩攤上一句玩笑話，和白天興起買的那瓶可樂，原來都會被這麼認真地記在心裏啊！付初閉上眼睛，舉起瓶子，灌了一大口。既而癟癟嘴，將頭埋進碗裏——白底藍花的大湯碗，大口大口地吸着餛飩，他可不想掉眼淚。

一是南極，二是北極
三是珠穆朗瑪峯，四是馬里亞納海溝
海擁有一切
卻只是循環往復，徘徊低語

第二章

第四極

一個小腦袋在一個亂叵叵的院子的門口探頭探腦，那是付初，唐冉從後邊走過來，拍了一下他的腦袋，兩人一起走進去。

這個院子相當隱蔽。青島的老街從不走直線，這院子像是安在起伏街道上的一隻開關，四合院的佈局，方方正正，圍成一個圈。木製的樓有三四層，就像付初曾在郵票上看到的福建民居，把天空規剪出一片，彷彿獨獨為這一個院子所私有。

支撐着四四方方的天空的，是一處處半傾頹的屋簷，上邊豎立着一隻隻煙囱，彷彿南方梅雨季長出的蘑菇。一條條電線和晾衣繩不分你我，偶爾電線上爬一藤絲瓜，或者晾衣架子上垂一盆吊蘭，穿插在各種顏色和款式的衣服中間，野蠻又隨性。

付初路過一片牆壁，它已經風化、起皮，像是老人的皺紋。報箱上落滿了灰，張貼的廣告撕了貼、貼了撕，混合着雨水落下的水漬，一起流下牆壁，成了這些房子皺紋的一部分。

院子裏到處堆滿塑膠盆子、紙殼箱子，被人悉心栽培的仙人掌插縫生長着，蓬勃地吐露着綠意。木製的樓梯一角，細緻地雕着山花，走上去「嘎吱嘎吱」地響，彷彿那就是時光的聲音，如同搖椅的起落一般漫不經心。

付初從沒來過這裏，光鮮的浮華城市裏還有這樣的地方，怎麼就從熱熱鬧鬧、花團錦簇的大街拐到這兒的？他忍不住回頭張望，那個熟悉的世界，遺落在拱形的院門外，僅有一臂之隔。

唐冉見付初腳步遲緩，就湊過來，「你知道這種院子叫甚麼嗎？」

「甚麼？」

「裏院。這是青島特有的一種建築，還是當時德國人侵佔青島時，一個德國人設計的。參考了四合院，又融入了一些西方建築的審美。」他的手指滑過樓梯處的雕花，即使沾了一手灰，也足可見其精美程度。

「這不就是棚戶區嗎？」付初嘟囔着，台階上臥着的一隻沙皮狗抬起頭，瞥了他一眼，又趴回到髒兮兮的爪子上。

「是你說吃了我們家餛飩要替我們刷碗報答的，我又沒求你來。」

「好啦好啦，我又沒說不願意來。」

付初蹭了蹭腿，緊跟了幾步，跨進了唐冉家那扇咿呀作響的木門。他嚇了一跳，這小小的屋子四壁都刷成普魯士藍，家具一律潔白。

一整面牆上掛着破漁網，各種貝殼就像躺在吊牀上度假一樣，橫七豎八倒在裏邊。靠着另一面牆的，是一個舊書架，堆得毫無縫隙。

那是書的叢林，「叢林」外還有一圈「荊棘」。頭頂的白熾燈是蜜黃色的，打下搖曳的、琥珀色的光。付初眯起眼，看清楚「荊棘」其實是船的模型。不是一個，而是滿架，一排一排指向各個方向，在書架的沙灘上擱淺，用的卻都是在海中俯衝或者昂首的姿勢。

他順手拿起一個，模型像小鳥一樣滑進手心，小小的部件精細如鳥爪。那是一艘船，他把它舉起來，從舷窗望進去，內部還有水手的吊牀和櫃子。

「那個是大洋一號的模型，一艘科考船。」唐冉盯着那模型，他的眼神如同凝視着一枚寶石。

「大洋一號?好像聽說過。」

付初放下它，又拿起一個潛水器。它像一枚錐形的水雷，通體潔白，頭頂上有一小塊紅色的凸起，頗像是頂着一個礦泉水瓶蓋。

「這是甚麼?」

「這是美國的阿爾文號，也是世界上第一艘潛水器。它發現了鐵達尼號的遺骸。」唐冉拿起另一架模型，「這個你認識嗎?」

那也是一艘潛水器，方形身子，通體潔白，頭頂有一塊馬蹄鐵形狀的薑黃色凸起。

「這怎麼像一隻戴帽子的鴿子?」付初看了看，他覺得這些潛水器的設計思路都差不多。

「是有點兒像，這隻鴿子叫『6500』，因為它潛入了6500米深的海底，建造國家是日本，它發現過古代鯨魚的骨架。」

唐冉放下那隻「鴿子」，又拿起後邊的一台潛水器，「這個你總該認識吧?」

這一次，付初終於認得了：上部是紅色，下部是白色，圓錐形，錐形的頂部有三個觀察窗，一個大的在正面，兩個小的在側面。屁股上的推進器是一組螺旋槳，像是電影裏的老派飛機。

「是『蛟龍號』!」付初得意揚揚地喊出來。

付初把它擎起，發現了側面的開關。按一下，兩排白色的探照燈便亮了。

一瞬間，付初彷彿聽到「撲通」一聲，房間裏昏黃的燈光宛如汪洋，白色探照燈攪動着它，空氣中的塵屑如同海底的浮游生物，沉緩地交換彼此的呼吸。

在所有船的模型中，只有一個異類。那是一艘無人機，鏡頭被黏上了口香糖，彷彿是一頭眼瞎的鯊魚，闖入了飢餓的水母羣。

付初把玩着無人機，疑惑地問：「這無人機，不是那天你爸拿去向陽紅9號上，還被沒收了嗎？這是新款式呢，挺貴的……」

他還記得先前在餛飩攤上，捲髮叔叔和唐冉爸對着手機比比劃劃，手機屏幕上的照片正是這架無人機。

「我爸知道我喜歡模型，帶回來的。說是有人送給他，讓他去向陽紅9號上拍幾張照片。本來是被沒收了，但一看他也沒幹甚麼，就把我爸放了，這個也還回來了。」

「你爸還是挺不錯的，雖然看起來吊兒郎當，還不是記着你喜歡甚麼嘛。」

「他？你居然覺得他不錯？我還覺得你爸不錯呢！能在船上工作多棒啊，更何況還是科考船，全世界都會把目光投向這裏。再說，你爸又會做飯。我爸如果靠譜一點，我媽也不會天天累成這樣了。」唐冉說着，瞥了一眼在廚房忙碌着的媽媽，怕她傷心，不禁壓低了聲音。

「彼此彼此吧。我記得以前爸爸出海我還挺激動的，老求着他帶我一起。那時我還小，也是傻。他很神秘地跟我說，出海回來會給我帶海底的神秘生物做禮物。」

唐冉轉過了臉，「帶回來了嗎？」

「帶是帶回來了，不過那是一堆皮皮蝦，做熟了之後端上桌說：『這就是神秘的海底生物，我們吃了它吧！』看，這就是我爸，一個廚子。」

唐冉笑得雙肩抖動起來，他很久沒這樣笑過了。但那笑容如同被雪蓋住的松枝，只露出剎那的綠意，又被冰雪層層傾覆。

付初看到唐冉的笑一下子就消失了，就碰了碰他，「怎麼了？」

「我在想，如果我們再也不能出攤了，錢可怎麼辦？」

付初愣了一下，「有爸媽操心，你也需要想錢的事情嗎？」

唐冉摸了摸付初的腦袋，「哎，你還是小孩子，當然可以靠父母。我可不是了，我都二十歲了，已經過了天真如小狗的年紀。」

「誰是小狗！」

付初在凳子上一跳，唐冉摁着肩膀把他壓下去，「好啦，小狗，別激動，告訴你個祕密。」

「甚麼？」

「我報名去參加蛙人選拔了。」

「蛙人？那是甚麼......」突然，付初想起了這個詞的含義，激烈地搖起頭，「這不行，太危險了！」

「只要水性好，就不危險。海邊長大的孩子，這點兒自信我還是有的。」唐冉安慰付初。

「但是……你不讀書了嗎？」付初終於想起了最最關鍵的問題，「二十歲，平常人這個年紀不是該讀大學了嗎？」

「我家條件不好，大學我就不考了……所以小狗，你一定要好好讀書，你有那麼好的條件。看，你爸爸在船上，媽媽應該也不錯吧?」

「我媽媽在海洋研究所研究海洋地質。」

「多好！我真羨慕你！如果你真的為我好，就好好珍惜自己的這份幸運，用功讀書去。」

「那你也得答應我一件事，」付初把口袋裏的錢掏出來，豪氣地拍在桌子上，「如果你喜歡做『蛙人』，我不管，但不能放棄高考，去考海洋大學吧，你一定能考上。這些錢做學費肯定不夠，但你就當我借你的好了。哦對了，這些錢原本就是拿來幫你們交罰款的。」

「你不會是偷了家裏的錢吧?趕緊拿回去！」

「哎呀，不是偷！不要緊的！要不，你把那架無人機賣給我吧?你看你看。」付初笑嘻嘻地打開手機上的淘寶，搜到那款無人機，湊上去給唐冉看，「看這價格，後邊掛了好幾個零呢！其實還是我賺了的。」突然他一拍大腿，「哎呀，忘記來的正事了！還有沒有碗給我刷?」

「你不會真的以為我們讓你來家裏是刷碗的吧?我們是不會僱傭童工的！」

正說着，廚房的簾兒一掀，唐冉媽端着兩隻大湯碗走出來。

白底藍花，裏邊漂浮着餛飩，每走一步就蕩漾一下。唐冉拖過一張長條凳，放在牀前，拉着付初坐下來。

唐冉媽把碗放在兩個孩子面前，敦實的，「咚」的一聲，粗瓷的碗裏嫋嫋生煙，「吃吧，以後這餛飩只得包給我們自己吃了。」

付初歡呼一聲，順手把那沓錢塞到後邊的枕頭底下，舉起湯碗裏的勺子。

他想起自己上幼兒園時，也用過這種鋁製的勺子，長長的把，防燙。由於便宜又耐摔，食堂裏用的都是這種勺子。吃完了飯，把飯碗和勺子放回原處時，聽着金屬碰撞聲，小小的他會一時興起，抓起一把勺子和玩伴扔得滿地都是，還要上去踩兩下，就為了聽那一聲響。

他突然覺得心酸，平時自己在家用瓷勺子，摔碎一地都不會有人責怪，卻從沒有想到還有人會在自己家用這樣廉價的勺子，只為了不被摔碎，好省下那幾塊買勺子的錢。

他低頭，從碗裏一撈，餛飩金魚一樣浮上來，散開。

在唐冉家吃過飯，付初把無人機擎在手上往車站走。他只顧着端詳無人機，沒發現自己身後跟着個「小尾巴」。

剛才在裏院裏他測飛過了，這無人機平衡性非常好，能夠輕盈地躲避開院子裏那些七繞八繞的晾衣繩。完美！只可惜，這無人機的鏡頭被口香糖黏死了。

他又回憶起那天晚上，在唐冉家的餛飩攤上，捲髮叔叔和唐冉爸低聲說着甚麼的情景，會是甚麼事呢?

公共汽車來了，付初把無人機塞進口袋裏，在包裏翻找着零錢。沒由來的，背後颳來了一陣風。

車門打開，付初才想起自己帶了乘車卡，於是又伸手去口袋裏摸乘車卡，卻摸到了一隻熱乎乎的手。突然，他明白了那熱風的來源，反手一抓，把那隻手狠狠鉗制住。

順着手看過去，付初有點兒意外。

那是一個女孩，栗子色頭髮，梨花頭，所有五官都小小的，分佈在一張花蕊似的臉上。眼窩深邃，有一層緋紅的珠光。眼珠是淺棕色的，水汪汪的。見自己被發現了，她並不驚慌，只是大大方方回看着他。

這麼一個柔弱女孩居然是小偷?

後邊等着上車的人一推，把驚到愣神的付初推上了車。突然，就在那一瞬，他覺得口袋裏一空，下意識地去摸無人機，空口袋裏，卻只攥到了一把風。

隔着車玻璃門，付初只看到那女孩的背影。她正跨上停在一旁的山地車，也正望着車上的他。四目相對，她把無人機放進自己的背包，然後戴上了頭盔，再架上一副墨鏡。

公共汽車啟動了，山地車畫了一個圈，向反方向飛馳而去。

「喂喂喂……」付初拚命拍打車門，像是一隻雛雞企圖從蛋中破壁而出。

然而已經啟動的車卻義無反顧，高歌猛進。

車上的乘客們都一起從窗戶裏看着那女孩，大概是為她會騎車而感到驚訝吧。

青島大概是全國罕見的沒有單車道的城市了，非但沒有單車，也沒有電動車。馬路上除了行人，便是汽車。

據說這是由這座城市的地理環境決定的，這裏不是上坡就是下坡，不是大拐彎就是大海灘，鮮少有直上直下、四平八穩的路。遇到那種60度仰角的大上坡，騎車比走路還累。漸漸地，大家都忘記了如何騎車，年輕的孩子也不再學習騎車。

此刻，所有人都稀奇地看着外星人一般，看着那個女孩輕盈的身姿。

汽車尾燈的河流，在馬路的兩側緩緩湧動，流星般的路燈一盞盞擦身而過。那輛山地車卻彷彿正在駛入無邊的黑暗。付初覺得，那就像一條魚，在和大部分魚羣相反的路上愈走愈遠。

海邊又起霧了。霧氣來的時候，如同一攤被嚼爛的水母，「嘩啦」一聲被人吐出來，又黏又濕地貼在肌膚上。

最輕的蠶絲被也變得沉重無比，好像吸下了整個地球上的浪，又用針腳縫得死死的。裏院的石板和石板之間洇出了青苔，學校走廊的瓷磚也總是濕漉漉的。陽光終日不現身，然而烘熱的風卻像件濕衣服，團團裹在身上。

火熱和濕冷交織，便是暑假的氣氛。坐在教室裏，付初有一搭沒一搭地聽廣播裏的校長講話。先是安全教育：注意用電、用火，注意交通安全、外出安全、游泳安全……簡直可以稱得上是苦口婆心：「沿海城市不比內陸城市啊，我攔不住你們洗海澡，但千萬得注意潮汛啊。不能自己去也不能結伴去，得有大人陪伴啊。」

付初聽得瞌睡連連，為了防止自己頭磕到桌板上，他摸出了從唐冉那兒弄來的骨螺。梳子似的尖刺，一握就扎醒他一次。

廣播終於安靜下來，但只不過隔了三秒鐘又響起來：「休息十分鐘，所有六年級同學到大禮堂集合，聽海洋知識講座。」

作為全市前三名的重點小學，付初的這所學校一直以海洋教學特色而聞名，每個暑假前的海洋知識講座是教學特色中的重點。

大家帶着摺疊坐墊走向禮堂。在走廊上按班級排好隊，再魚貫而入。禮堂四周都被貼上了深海圖案的壁紙，深藍色的海洋中，海豚時而躍起，時而吐着泡泡。

謝蒙走在付初身邊，重重地歎了一口氣，「又要講到幾點才能放學啊？」

一旁維持紀律的班主任走過來，伸開胳膊讓他們對齊，就像琴師用手掌壓住震動的琴弦。歪斜的隊伍開始努力自我糾正，鄰班的同學見到了，不免傳遞一下小東西，互相打打鬧鬧。老師的眼睛烙鐵一樣燙在他們身上，使得他們趕緊跳回自己班的隊伍裏。

終於，每個班都佔領了一塊位置。老師一喊：「坐下！」

所有人立馬打開坐墊，「咕咚」一聲，抱膝坐在地板上。

一瓶水、一個麥克風、一張桌子、一張凳子、一個投影儀，禮堂最前方的佈置總是這樣，每次變換的只是講課的人罷了。

突然，沈魚小聲抽了一口氣，語氣裏有壓抑住的激動：「好帥！」

謝蒙順着她的目光瞥了一眼，只見講台上坐着的是一個穿着鈷藍色T恤、戴無框眼鏡、皮膚白皙、眉眼帶笑的叔叔。

「我覺得他有點兒面熟。」謝蒙敲敲腦殼，彷彿那是一顆椰子，晃一晃就出現椰汁一樣直白的真相。

教導主任拿起麥克風，試了一下聲音，鄭重地介紹起台上的來客：付雲濤叔叔是「國寶級」的潛航員，在潛水器「蛟龍號」上工作。「蛟龍號」是我們國家自主設計、研發的載人潛水器。曾經下潛到7062米深的海底進行作業——這裏的「作業」可不是你們寫的那種「作業」，而是可以讓全世界刮目相看的業績的「作業」。大家都知道，我們的地球將近70%的面積是海水，而「蛟龍號」的下潛深度刷新了世界紀錄。這意味着全世界99%的海洋，都是「蛟龍號」能夠抵達的地方。能去這麼深的海底進行科學探索，也就意味着地球對於人類來說，揭開了最神祕的一塊面紗。你們面前的這位叔叔雖然年輕，卻是一位英雄——他冒着常人難以想像的危險，為我們帶回來了大量海底珍貴的科研資料。現在，我們來聽聽他的海底故事吧！

「我就說他有點兒面熟嘛，他上過好幾次新聞呢!」謝蒙戳了前邊的付初一下，附在他耳朵上說，「你不是說他是你爸爸嗎?這麼年輕，怎麼做你爸爸啊?」

謝蒙那氣呵在脖子和耳朵上，好像爬上了一條毛毛蟲。付初扭了扭身子，不去理他。

麥克風被還到真正的主角那裏，付雲濤一開口，沈魚又吸了一口氣，「連聲音都那麼好聽！」

「大家都知道地球上的兩極是南極和北極，然而有誰知道第三極嗎?」不待回答，付雲濤已經報出了答案，「第三極是珠穆朗瑪峯，誰來告訴我它有多高?」

一片手舉了起來，付雲濤從教室中央把付初叫了起來，「嗨，那個穿海軍衫的小條紋，你能代替我回答大家嗎?」

「呃，8000……大概是8000多米吧。」

「8844.43米。然而我們要講的，是第四極的故事。第四極，便是海洋中最深的地方：馬里亞納海溝。它全長2550千米，平均寬70千米，大部分水深在8000米以上。也就是說，在那裏，一整片海底都臥着連綿不絕的珠穆朗瑪峰。而最深處的地方叫斐查茲海淵，足有11034米。就算把珠穆朗瑪峯放在海底，都無法填平這道深淵……」

他的講述是深藍色的，彷彿魚餌，付初就像一隻好奇的小魚兒，被牽引着，愈潛愈深，直到陽光都無法抵達的地方。

接着，付雲濤打開了PPT，開始展示海底新發現的物種。

那些透明的腔腸體動物，有些像高腳杯，有些像絲襪，毫無戒心地在透明的身體內展示小巧的器官。

付初後來每次聽人提到「誠實」「坦白」這種詞彙時，都會想，他曾經見過這兩個詞真實的樣子，就在3000米深的海底，在暗沉海面下那深邃又寂靜之地。只有那些不畏懼一切嚴苛環境的生物，才敢把自己的本質完全暴露。

一場講座只有四十五分鐘，下課鈴響了，大家還在踴躍地舉手提問。那些問題五花八門，付雲濤挑了幾個來回答。

提問：「潛水器怎麼能夠上浮呢？」

回答：「每次下潛潛水器都會帶四組壓載鐵。最輕的壓載鐵也有130公斤，那等於是兩個成年人的體重。到了海底，先扔掉兩組壓載鐵，潛水器就能固定住。當需要返回海面時，再扔掉另外兩組壓載鐵。壓載鐵會一直留在海底，這是潛水器的消耗品。」

提問：「潛水器有多大空間呢？你們在裏邊是怎麼活動的？」

回答：「『蛟龍號』的艙體是一個直徑1.2米的圓球，裏邊要坐三個人。我們在裏邊只能蜷縮着，屈膝或者跪坐。」

提問：「那你們在水底，吃飯和上廁所的地方會不會離得很近？」

這個問題讓大家笑了起來。「其實沒有特定吃飯和上廁所的地方，我們盡量不吃飯也不上廁所。如果實在餓了，也只是吃點壓縮餅乾之類的東西，只有當完成海底作業任務，開始上浮時才能稍微吃幾口。」

大家聽了紛紛長長地歎息了一聲，「聽起來好辛苦啊……」

話筒已經微微發熱，付雲濤結束了這次演講。教導主任正要總結，掃了一眼，只見謝蒙高舉着手，五指雖然併攏，但由於舉得太久，胳膊都酸了，因此東倒西歪，像一隻歪脖子鵝。

「謝蒙，你還有甚麼問題要問嗎？」

「有有有——」謝蒙站起來，「付叔叔，付初想讓您當他爸爸，我就想知道，您怎麼看這件事的？」

彷彿所有的聚光燈都打到了付初一個人身上，他發現前後左右都是盯着他的目光，有些是揶揄，有些是好奇，有些則是諷刺。

手裏的骨螺扎痛了付初，他剛才還在海底漫遊，忽然感覺到海浪般的目光打在身上，就像嗆了水。他抬起眼，恰恰迎上了付雲濤一臉吃驚的表情，但後者很快就想起了甚麼。

「你是付大廚的兒子小初嗎？早就聽說你在這所學校讀書，來之前，你爸讓我給你帶個好。」

全世界都知道了！聽聽，大廚！叫得倒好聽，一個給人做飯的，前邊加甚麼「大」啊？講座一結束，付初就霍地站起來，他把骨螺扔到謝蒙身上，除了對方那吃痛的叫聲，他的耳朵裏還有些別的聲音在盤旋。不用問，那是竊竊的議論聲。

他一聲不吭，踩着所有的聲音和目光，拉開禮堂門，走了出去。身後的聲浪都被擋住，身前明亮的光線跳躍着湧來。他加快腳步，衝出校門。

海的腥氣像一隻看不見的手，拍打着眼耳口鼻。

海灘上方鋪設了木棧道，今天天晴，海藍得爛漫，把五艘郵輪推得遠遠的，推到了天空和海平面相接的地方。

木棧道兩側低矮的欄杆旁邊，就臥着付初這所小學的操場。彷彿那片海洋有意環繞着它，讓這塊小小的陸地蟄伏在它的臂彎裏。

付初沿着木棧道向前走去，木頭上的紋路裏卡着金色的沙子。一雙雙腳將它們從沙灘上帶到這裏，它們曾被濕潤的海浪舔舐，也被乾燥的日光曝曬，閃爍出結晶般的簇簇流光。

不必思考方向和目的地，長長的木棧道可以替他做出選擇。海岸線如同一條蕾絲邊，木棧道是蕾絲上的金絲。

踩着「金絲」走了半個多小時，付初漸漸忘記了生氣。

路過海水浴場時，他看見一位游泳的老人。老人剛剛從海裏出來，穿着短褲，濕淋淋地坐在木棧道沿途的長椅上，一邊晾着自己曬成棕色的腳丫，一邊大聲唱歌。

付初被老人那份自在吸引，也坐下來。但緊接着，他又霍地站了起來。只見唐冉正一遍一遍從礁石上躍下大海，游出去幾百米再回來。如此反覆，樂此不疲。

他的肩胛骨打開，四肢伸長。起跳之前的一瞬看起來有些迷茫，如同不合羣的海豚，正猶豫是否要與其他的魚類產生交集。最終，他接受了生命裏來自大海的召喚。

他用的是蝶泳姿勢，胳膊肘時上時下。海鷗低低地隨着飛，也許是在疑惑這塊礁石為何會隨波前進。

付初把目光投得更遠一點，只見近海之上，出現了一艘白色快艇。它來回穿梭，其上坐着一個大人和一個孩子。大人有一頭微捲的頭髮，被風扯得如同狂亂的旗幟，旁邊的女孩發出琅琅的大笑聲，和小艇激開的海浪相互應和。

等到快艇逼近岸邊時，付初叫了出來。

那兩個人付初都認識：那個大人，是餛飩攤上拿着無人機和唐冉爸絮叨的捲髮叔叔；而那女孩，正是公共汽車旁，明目張膽地拿走他口袋裏無人機的「小偷」。

快艇飛馳而過，留下一串白色的泡沫後，便消失了。

這時唐冉再一次爬上礁石，正準備下一輪起跳。「唐冉……」付初連忙叫他，可海風將聲音扯得時斷時續，並沒抵達唐冉耳邊。

「那個小夥子每天都在這裏練習游泳，嗆了不少水。」

付初聽到有陌生人跟他說話，一回頭，卻是那個原本大聲唱歌的老人。他們並肩站在一起，看着唐冉。

「那是我朋友，這幾天一直在練習游泳，準備很重要的面試，但我不知道他練習得這麼苦。」

「是準備蛙人的考試吧?」

「您也知道這事兒?」

「要做蛙人，不但得水性好，而且要平衡性好。畢竟在小橡皮艇上顛簸，就像騎着一匹不繫轡頭的烈馬奔騰。這孩子有點兒暈船。如果做蛙人，就容易被甩出快艇。平時還好，如果是在給潛水器作業時被甩出去，可是會出人命的啊！其實暈船這事，是因為腦部掌管平衡的前庭區太敏感。我告訴他，他可以通過俯衝、盪鞦韆、跳水等辦法，鍛煉前庭，使它適應這種顛簸。一段時間後，身體就會記住並且調整到不太敏感的狀態，暈船的事也就解決了。」

「哇，您知道得真多！原來您是唐冉的師傅啊?」付初的雙眼發亮，滿是崇拜。

老人笑了笑，「我不是甚麼誰的師傅。我在這裏游泳快十年了，這裏發生的每一件事，每一個常來的人，我都略知一二。比如說，同樣是想適應海洋，唐冉用的是苦功，而那邊小艇上兜兜轉轉的二位則是最最省力的，幾乎可以稱得上是觀光了。」

聽到老人提起那個「小偷」，付初豎起了耳朵，「您知道他們的情況嗎?」

「那個男的去租快艇時我聽了一耳朵，女孩是他女兒。小姑娘正在準備去參加『蛟龍號』的少年潛航員考試，因此最近經常來這裏，坐着快艇提前感受一下考場氣氛。」

「『蛟龍號』要招收少年潛航員，我怎麼不知道?還有，憑甚麼他們可以租快艇，唐冉就只能自己吃苦?真不公平！」付初憤憤地說。

「等你到了我這個年紀，就覺得討論公平不公平的，沒意義啊！」老人棕色的瞳仁直視着付初，「這個世界上每個人的起點都不同，你可以說，是生來就不公平。可人生不是短跑，而是長跑。跑着跑着，有的人摔倒了，有的人跑慢了，有的人離席了；跑着跑着，人愈來愈少……這剩下的少數人裏，大多數都不是具有先天優勢的。然而正因為他們知道自己最初一無所有，才拚盡全力。不管是否能跑贏，這個過程都值得享受。贏，不是目的。要是跑到終點，還能保持住起跑時那顆雀躍的心，才厲害呢。」

老人和付初肩並肩站着，付初個子不算高，可也挨着了他的肩膀。這幾年，老人的身高在縮水，可是他挺開心，這意味着，他離海平面愈來愈近了──前幾年父母就先一步離開了，他們的骨灰被撒入了海中，每一滴浪花和水珠都是他們的一部分。

傍晚了，溫度急劇下降。付初發現唐冉不知甚麼時候上了岸，穿上衣服回家了，礁石上空蕩蕩的，他便也向老人告辭。

最後一縷斜傾的光線，把老人的皺紋逐一撫慰妥帖，把白髮收攏進髮根，使得他看起來柔和又年輕，然後那一線光便沉到海平面以下，歇息去了。

億萬年後，博物館的燈光
輕輕覆蓋它的身體
一如藍色的布匹，裹着它走向生命深處
大海和大地的歸處

第三章

骨螺記憶

謝蒙和沈魚握着手機，正一邊研究手機導航上的樓號，一邊在偌大的院子裏繞圈。

這院子植被茂密，無花果、櫻桃樹、桃樹、杏樹無節制地生長。草蔓延到樓與樓間隔的小路上來，那些樓又都一律是黃牆紅頂，連個樓號牌都沒有，實在難分彼此。

「謝蒙，導航上的樓號到56號樓就沒有了，58號樓到底在哪兒?」

「既然56號樓都找着了，那58號樓還會遠嗎?」

正說着，前邊的樹影裏，付初正殺出一條路來。他七拐八拐，進了一棟樓，謝蒙和沈魚連忙跟上去。

在樓梯前，三個人、六隻眼，眼觀鼻、鼻觀心，一時間，誰都沒說話。

「你們怎麼來了?」付初問。

謝蒙把骨螺遞給他，「這個還給你，太扎手了！」

付初便接過來，用眼神問，還有甚麼事嗎?

沈魚遞上了一張紙，「你走了以後，學校發下了這個通知。國家深海基地和海洋特色學校合辦了活動，要招收一批少年潛航學員，老師鼓勵條件合適的都報名一下試試看。條件寫在這張紙上了，我和謝蒙就給你送來了。付雲濤叔叔還特地提起，說建議你報一下名，這樣你就能和爸爸上同一條船了。」

付初冷硬地把紙抽過來，「誰稀罕和他在一條船上！我要報也是衝付雲濤叔叔報的好嗎?」他一邊上樓一邊瞟了一眼，通知上的標準要求倒是不多。

(一)具有中華人民共和國國籍，熱愛祖國，熱愛海洋事業，志願成為我國載人潛水器潛航員接班人。

(二)年齡在12週歲至18週歲之間，超過18週歲的可參加成人組考試。

(三)男生和女生的身高宜在150厘米至176厘米之間；裸眼視力0.8或矯正視力在1.0以上。體重不超過標準體重。

(四)身體健康，無家族遺傳病史，無外傷史，無畸形和影響艙內活動的肢體障礙；具備良好的體格和心理素質；具有良好的生活習慣。

他偷偷過濾了一遍條件，發現自己符合，這才放下心來。可是一想到有人已經捷足先登，早早做起了準備，他的心情就像發霉的屋角。

就連「小偷」也能去申請做少年潛航員？要不要去告發她？他的腦子就像潛水器一樣，「咕嚕咕嚕」冒着水泡。

「你們怎麼還不回去？」付初一抬頭，發現沈魚和謝蒙像兩條尾巴似的跟了上樓。他驟然轉身，兩條「尾巴」躲閃不及，差點撞到他的鼻樑上。

「我們想，付雲濤叔叔既然能來我們學校做講座，說明他們的母船已經到岸了。那麼，你爸爸也該到家了吧？」

「所以呢？」

「我們想來問問你爸爸，如果報名少年潛航員，他有沒有好的建議。」

「我說你們怎麼那麼好心跑來給我送東西，進來吧。」付初翻了個白眼，掏出鑰匙打開防盜門。沒想到門沒鎖，一推就開。

門內有一股濕潤的、淡淡的腥氣，就像他們的房子是暴露在海上的空倉庫。每當爸爸回到家，家裏就會用各種容器堆滿新鮮的海魚，彷彿養了一隻心血來潮準備冬眠的貓。

付初到門口換下鞋，鞋櫃旁有一雙黑色的大鞋，大得像熊貓穿的。

而那隻「熊貓」，此刻就在家裏沙發上端坐着。老付和媽媽在一起，一人佔據了沙發的一側，像是兩尊門神，愁容滿面地蹲守在那兒。

「爸！」付初剛想撲過來，突然察覺兩人的臉色都不好看，不由得連腳步都放輕了。

「付初，你過來。」老付的嗓門總是很大，昂揚地擴充着胸腔，但此刻癟下去了，像從一個乾巴的核桃中發出來的。

「你有沒有拿抽屜裏的錢?」付初覺得自己的胸腔也癟了下去，所有的空氣瞬間被鎖了起來，上不來氣兒。

「沒……抽屜裏有錢?」他盡量直視着老付的眼睛，做出不膽怯的樣子，手卻抹了一下額頭。身後的謝蒙和沈魚貼着冰涼的防盜門，撞見別人家吵架，簡直比當事人都尷尬。

「你敢再說一遍你沒拿嗎?」老付站起來，走到付初面前，把他的臉扶起來，對着他，「看着我的眼睛說。」

呼氣、吸氣。

付初的腦子裏翻滾着真相和謊言：他用錢換了無人機，可是無人機呢?被偷了。這個真相太像一個謊言了，無法自圓其說，因此他閉緊嘴巴，決定不說。

媽媽細細的哭泣聲傳來，像是用釘子刮着黑板，令人牙齒難受，「我們沒有想到家裏出了賊。要不是醫院通知，我今天回家拿錢，還會被蒙在鼓裏……」

「你拿錢做甚麼了?」老付瞪起眼。

「你管我!」付初大聲說。

「你們倆知道嗎?我看你們三個老在一起。」老付把目光投向謝蒙和沈魚。

謝蒙和沈魚把頭縮起來，恨不能從衣服裏金蟬脫殼。他們一起搖頭，心裏想的是找個理由溜走。

「他們不知道！我一個人拿的錢！我把錢花在有用的事兒上了。」

「你一個小孩子，錢不是去了網吧就是買了遊戲機。我說的對不對？但，那是2000塊錢啊，你都花了？」

2000塊？付初心裏暗暗震驚，他真不知道那一疊錢會有這麼多。

「你說話啊！」老付戳了一下付初的肩膀，他的指頭很硬，像是一柄螺絲刀在戳螺母。

那一戳，就戳在了心底最痛的地方。爸爸啊，你平時總不在家，難道一回家不是抱抱我、親親我，而是找錢嗎？

是不是因為你總不在家，已經連對我的基本信任也都消失了？我不是會偷錢的孩子啊！我不是啊！

付初在心裏滚雷一般地吶喊，一股怨氣愈升愈高，忍不住衝口而出：「你們倆，一個不停地出海，一年回不了幾次家，一個去醫院照顧非親非故的人，兒子都不管。現在憑甚麼管我！丟了錢就說是我偷的，不丟錢就當我不存在！早知道，我真偷了就好了！把這個家偷光了，你們就知道回來了！」

老付一把抓住他的肩，頭髮上的汗珠子順着額際滴下來，卻窩在皺紋裏。

「你胡說甚麼！你知道醫院裏住的是誰嗎？你怎麼變成了這樣啊！」

說完，他的大手一把握住兒子的胳膊，「你跟我走！」

「我不走！你帶我去哪兒？」

「你不是說媽媽在照顧非親非故的人嗎？我要帶你認親認故去！」

謝蒙和沈魚終於找到時機，剛想告辭，付初卻用眼神央求他們留下來幫幫自己。

正不知所措間，老付瞥到了他倆，「正好，你們也跟着一起去吧，順便也來評個理兒。」

本市最好的醫院坐落在一條隱蔽的小路上。路盡頭是海，在夜裏，醫院像一隻巨大的眼睛，隱在海霧裏。

病房區很安靜，住院部的護士抬起頭，看着突然湧進來的一批人。都蘭揚起手中的飯盒，悄聲說：「我帶孩子們來看看徐老師。」

病房小小的一張牀，牀上沒有人。牀頭是監測心跳的儀器，綠色的數字不停變換，心電圖的曲線像是波浪一樣。

除此之外，整個房間裏還有大大小小無數奇怪的儀器——球狀的、管狀的，以及一堆液氮瓶、氧氣瓶、壓力表，地上甚至還有癟掉的乒乓球。儀器輕輕地嗡鳴着，像是鋼鐵的密林中成羣的昆蟲在振動着翅膀。窗外，大霧彌漫，迷路的蛾子、蚊子、瓢蟲，看到玻璃內的燈光，便「啪啪」地撞過來。兩股聲音在房間裏交集，取了一個點，落在一個老人弓起的背上。

「徐山南老師，別做實驗了，來吃飯吧。」都蘭走過去，輕輕拿開老人手中的東西。

「啪啦」，一個癟掉的乒乓球應聲而落。

徐山南直起身，原來他身板還很直。付初覺得他像是那些漫畫裏的科學怪人：頭髮眉毛都花白了，八字眉下，眼瞼微微下垂。藏在無框眼鏡下的眼睛彷彿隨時在笑。他的年紀一定很大了，法令紋深得像馬里亞納海溝。付初想。

「最——後一次，最——後做一次。」他喜歡把「最」字拖長音，聽起來像撒嬌。

這個老頭真好玩！沈魚想，他看起來有點像樹懶。

「您老得按時吃飯，照顧好自己，給這些孩子做個榜樣哪！」老付接過飯盒，打開來。是海蠣豆腐濃湯、燙海草、冰鎮北極蝦和鰻魚飯四樣菜，還有一個水煮雞蛋。

徐山南這時才看到門口擠着一羣孩子，不由得露出驚訝的表情。

「這是我兒子付初，和他的幾個同學。我想您做了一天實驗大概悶了，就把他們帶來陪您說說話。」

「我有甚麼可悶的！你們這些人真是，管我那麼多幹甚麼！」徐山南招招手，讓三個滿臉好奇的孩子過來，「你們來幫爺爺忙，再去拿幾個乒乓球過來。」

謝蒙在屋子一角找到了一大袋乒乓球。這些橙色的小球輕得像羽毛，可是卻能被那麼硬的板子打來打去，而不損害分毫。那這滿地的癟乒乓球是被捏扁的嗎？

他把乒乓球攥在手裏，用力，手掌生疼，可球卻絲毫無恙。

「哈哈，你那樣捏，乒乓球是不會癟的，可是這樣卻會。」徐山南把乒乓球放在一個直徑30厘米的金屬鋼球裏。說是鋼球，其實是由兩個半圓形、頭盔似的東西合起來，扣成一個球狀。

他把鋼球接縫處用螺絲擰緊、固定，放進壓力罐中。壓力罐上方的精密壓力表上的指針不停地擺動，從20蹦到40，數字還在持續往上增加。

「這是在模擬深海具有強大壓力的環境。」徐山南指着那個壓力表說，「現在鋼球裏的壓力是5兆帕。兆帕是壓強單位，5兆帕等於500米深海水所擁有的壓強。也就是說，那裏邊的乒乓球正置身於500米深海中的壓力當中。」

幾分鐘後，他把乒乓球拿了出來。那兩個可憐的橘黃色小球不是癟了，而是直接從腹部破開了。空心的乒乓球，像是剝開後，掏空瓤，被扔在地上的橘子皮。

「那只是乒乓球，如果在裏邊的換成人，想想看，會是甚麼樣子？」沈魚想像了一下，在冰冷的海水中，某人突然腹部破裂，血大團大團湧出來。光線太暗，所以看不清血，就像墨水滴入深潭……

「人會和乒乓球一樣，對嗎？但這是為甚麼？」

「你們知道血壓嗎？人在空氣中，也會承受大氣的壓力，但是為甚麼你感受不到呢？因為有血壓，血壓是從你自己的身體往外的壓力，大氣是從外界往體內的壓力，人類已經進化成了血壓與大氣壓力相匹配。可是，水的密度比空氣要大，所以如果你把腳伸進水裏，會感覺到水壓迫腳面。這是因為水有重量。當你潛水時，每深一點兒，人體上方的水壓在人身上的重量就大一點兒。這種重量，就是水壓。而你的身體血壓並沒有進化到像適應氣壓那樣適應水壓。水從外向內壓迫你，愈來愈大的壓力，會讓你的骨骼、內臟嚴重受傷。當到達1000米深的海底時，所受到的傷害，就相當於一輛大卡車碾過一隻手掌……」

「所以，人類要到水下幾千米的地方，最關鍵的一點，是要創造一個耐壓的、能保護身體的機器，是嗎？」付初如夢初醒，「那不就是『蛟龍號』嗎？」

老付把筷子遞到徐山南手裏，「您哪，先吃點兒墊墊肚子，別老顧着說話。」

說着，他拿起雞蛋，準備剝殼。

徐山南瞟了他一眼，「你是覺得我老到連雞蛋殼都不會剝了嗎?」

他拿起雞蛋，扔進一個滿着水的杯子中，「嘿嘿，你看，這個雞蛋就完美地承受了水的重量。」

剛才還是氣壓，突然跳到了雞蛋，謝蒙覺得有點兒摸不着頭腦，「那是因為這麼點兒水給雞蛋的壓力太小吧?」

「那麼你拿起來握住它，力就夠大了吧?這樣，就能攥碎它了嗎?」

老付在一旁答道:「當然不容易攥碎。我這輩子打了多少雞蛋，我能沒數嗎?」

徐山南把雞蛋攥在手裏，「雞蛋的形狀可以把力量平均分散掉，所以不容易被攥碎。這就說明球形是最完美的耐壓形狀，所以『蛟龍號』也是這樣的形狀。」

「『蛟龍號』明明是橢圓形的……」沈魚小聲嘟囔。

「可載人艙是球形的，另外還要安裝聲吶、探照燈、推進器。最後也不是橢圓形，而是甜蝦形的！」徐山南夾起一隻北極蝦，這種蝦頭頂有一塊紅色，富含蝦子的腹部卻是白色的，還長着好幾條腿，「你不覺得牠和『蛟龍號』有點兒像?」

三個少年面面相覷，最後異口同聲地回答:「不、覺、得！」

這時，護士走進來敲了敲門，「探視時間過了，請大家回去吧，不要打擾病人休息。」

她又看了一眼屋子裏凌亂的機器和各種工具，搖了搖頭，「家屬到護士站來一下。」

老付跟着護士走了出去，付初不聲不響地跟着。

「老人現在的情況穩定了，是可以回家去休養的。」護士對老付說。

老付連忙阻止，「千萬別讓他出院！老爺子是『蛟龍號』下潛器的總設計師，操勞了半輩子，七十多歲了還去船上跟着年輕人折騰，一下就病倒了。如果讓他出院，他一準又要跑到船上去了!……對了，對了，他那一屋子實驗器材，還需要甚麼就記在我賬上。是，我們家預留出錢了，可偏偏找不到了。過幾天我就把之前買器材的錢補上……」

付初躲在走廊的暗處，只覺得耳中轟轟作響，像是有大浪湧來蕩去。原來抽屜裏的錢有這麼大用處，雖然給唐冉用他不後悔。可是如果手裏有無人機，至少還能賣掉去換錢，而現在他一無所有，只有愧疚像隨浪而來的沙子，一波波沖刷着他。

他的腦子沉浸在一種短暫的忙音狀態裏，這個世界的所有聲音、色彩，都隔絕在這個水甕之外，折射出扭曲的姿態。所以，當那個身影出現的時候，他還以為是大腦的幻覺。

小偷！偷無人機的女小偷！

她正從隔壁病房裏走出來，付初腦子裏的紅燈立刻隨着她的步子大亮起來。

走到徐山南的病房門口時，她的腳步似乎略有遲疑。這短暫的遲疑讓付初以為被發現了，他聽到自己的呼吸急促起來——不過，此刻他還不想打草驚蛇。

走廊上的病房一個挨一個，一模一樣的白門，一模一樣的消毒水味兒。他隨手推開一扇病房門，把自己藏在裏邊。

他倒要看看她是個甚麼人，想幹甚麼。為甚麼偷唐冉的無人機?又為甚麼坐着快艇在海上勘察海域……

她在徐山南的病房門口蹲了下來，從門縫裏摳出了一樣東西——她居然偷到徐老這兒來了！

付初怒不可遏，連想都沒想就衝過去，抓住她的手腕。

看看她臉上的表情吧，就像自己的無人機被偷時的那副表情。

女孩抽了幾下手腕都沒抽出來，突然一咧嘴，哭了起來。付初嚇了一跳，本能地鬆開手。她像松鼠一樣幾下子跳出走廊，跳到停在院子裏的山地車上，頭也不回地蹬走了。

付初本以為滿街的汽車會築起壁壘，阻擋住她。然而他錯了。此刻他眼睜睜地看她如同一柄刃開得極薄的刀，從容地切割開車流，滑行而去，無從追起。

他恨自己不會騎單車，恨這個城市一直自大，沒人肯學習騎車。現在，他代替這個城市遭受到了自大的報復。

忽然，付初看到，在她的車轍後，一樣東西正在地上閃閃發光。

暑假忽至，太陽變成了一塊檸檬香皂，隨便一碰就發出酸澀的、橙色的氣味兒。彷彿一夜之間，海霧消散，熱浪捲着火焰，舔着每一雙在路上行走的腳。蟬鳴滾動進窗口。有一種蟬可以晝夜不停連續鳴叫，日頭愈大，叫聲愈嘶啞；還有一種蟬音節短促、高亮，叫上一口氣猛歇上半口氣，好像警笛斷了電。

付初、謝蒙和沈魚正端坐在臨窗的書桌前，翻來覆去地看着付初撿到的那個東西。那是一支鋼筆，筆帽上的掛鼻做成了箭頭狀。他們都沒有用鋼筆的習慣，印象裏這是20世紀七八十年代的人喜歡用的。自從中性筆出生後，鋼筆就縮到了一個尷尬的位置上。就像郵票一樣，變成了某種收藏品。

「她為甚麼要把這個塞進徐老病房裏呢？」付初轉動着鋼筆，試圖找出答案。

「可能只是覺得好玩吧？」沈魚正握着一把小美工剪刀，修理自己開叉的頭髮。

謝蒙正在拚命喝檸檬水，突然插話說：「有的鋼筆墨水可以寫出隱形的字來，比如用檸檬汁寫字，就需要低溫烘乾才能顯現出來。你怎麼知道她和徐老不會祕密傳遞甚麼信息？」

自從付初把自己和唐冉的相識、無人機和餛飩攤的來去、與那個小偷的過節等事告訴了謝蒙和沈魚後，三人每天都聚在一起研究怎麼找到那個小偷。

這筆確實寫不出字來，付初擰開筆芯，想看看墨水，結果愣住了。那支鋼筆的筆芯裏是一段簡單的電路，頂端還有一個小小的紅燈在閃爍。

「這是甚麼?」謝蒙和沈魚都衝過來看。

付初的腦子裏有些東西正在成形，他飛快地把筆復原，又按下了筆帽上箭頭狀的部位，鋼筆開始發出「沙沙」的錄音聲，過了一會兒就傳來徐老的講話聲，正是那天在病房裏徐老做實驗時講給他們三人聽的科學知識。

付初驗證了自己的猜想，長舒一口氣，「這個是偽裝成鋼筆的錄音筆，間諜用的東西。」

「間諜?」謝蒙驚叫，「難道現實生活裏也有間諜?」

「當然有！」

沈魚沉思着，「你是說，那女孩不但是小偷，還是間諜?你不是說她和我們差不多大嗎?小孩也可以做間諜?」

付初說：「我爸說，間諜是很寬泛的。有時僅僅是在機密場合拍一張照、畫一張畫都構成間諜行為。所以我們去『蛟龍號』開放日那天，不是看到唐冉爸爸因為拿着一架無人機，就被武警攔下來不能上船嗎?那正是因為無人機的拍照功能也可能會泄密。」

「那我們要不要去報警?」謝蒙提議。沈魚嗤之以鼻,「你以為警察會信幾個小孩找到了間諜嗎?」

付初想了一會兒,「不行,那個無人機的來龍去脈很複雜,牽涉到唐冉的爸爸。我在那個餛飩攤上看到唐冉爸爸正在和小偷的爸爸做交易,感覺那個無人機是很重要的證據。如果現在報警,就會對唐冉面試蛙人不利。我記得無論是蛙人還是潛航員都要調查家庭成員背景的。」

手機在桌子上震動了一下,像是被剛接收到的信息嚇着了。付初拿起手機,一條唐冉的微信切進來:

我通過了面試,明天開始要海試了。如果海試順利的話,明天晚上來我家吃餛飩好嗎?

自從家裏發現錢被偷後,付初就沒有再和唐冉聯繫過。他很想把錢要回來,可是一直羞於啟齒。

那天從醫院回來,他就承認了自己偷錢的事實,可是關於錢去了哪裏卻閉口不談。他可以想像,一旦供出了唐冉,爸媽就會找上門去。那會打擾到他們的生活不說,還顯得自己像個懦夫,不能承擔自己做出的事情所帶來的後果。

他想自己把錢要回來,放進那個裝錢的抽屜裏。可是這樣會不會讓他和唐冉之間變得尷尬?他們的友誼是否就要戛然而止?

他的心就像一塊裸露的礁石，被痛苦反複沖刷。他的手指按在輸入框上方，卻不知道說甚麼好。要不然，明天直接去找唐冉，見到他本人再說。

蟬叫得他渾身煩躁莫名，他還沒想好怎麼回覆，只好把手機扔在了一邊。

手機反抗一般地又震動了一下，這一次是班主任的微信：「明天有一場蛙人考試，想要報考少年潛航員的可以去參觀。」

其後附了一個地理定位，緊跟着又是一條：「潛水艇的艙體一般坐三個人，可以三人一組成立團隊，互相鼓勵。」

「組團隊？那我們不是可以一起去？」沈魚歡呼起來。

「是不是得給團隊起個名字？要不然就叫付謝魚？」付初提議，兩個男孩的姓，加一個女孩的名，這樣聽起來有點兒像一種新發現的魚。

謝蒙表示反對，「腹瀉魚？真難聽！」

「為甚麼我的名字放在最後？」沈魚也不同意。

「因為你是魚啊，名詞要放在定語和狀語後邊……」謝蒙搶着回答。他們的爭執對付初來說顯得很遙遠，懸而未決的心事是一個頭盔，自覺把他隔離在無憂無慮的世界外面。

他坐在空調口下，冷，但大腦卻像火山那樣沸騰着。蛙人考試在深海基地，那是爸爸工作的地方。他記得從家到那裏，車程有一個小時。

那麼這一個小時，就是他用來練習的時間。要怎麼開口才可以跟唐冉把錢要回來，還不會傷害到他呢?

此時的唐冉在做最後的練習，他的世界隨着與海浪一次次擁抱，變得總是搖搖晃晃。陸地的含義在他的意識裏慢慢淡薄、消散、瓦解。哪個國家正在內亂?哪裏的森林正在砍伐下繳械投降?哪裏的新聞熱點三天一換?這些都無關緊要了。

他覺得，此刻自己變成了一枚骨螺，出生在沒有邊際、亙古不變的藍色中。

海水抱着世界温柔地搖晃
沙蟹勾住腳趾
海鷗比比皆是
翅膀張開成一字

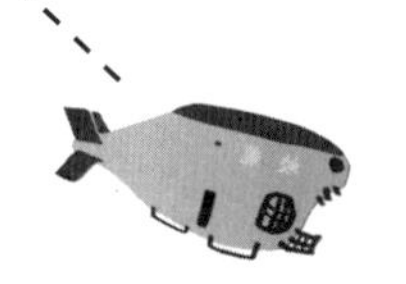

第四章

蛙人考試

清晨五點，付初在混混沌沌中醒來。暑假裏，這是他起牀的最早紀錄。老付去趕早市了，雖然船靠了岸，但考察各大早市仍然是他不落的功課。都蘭在收拾行李，和付初在客廳裏互相瞥見，都吃了一驚。

「你怎麼起這麼早?」

「你這是要去哪兒?」

「我要出海，跟大洋一號的科考船出海一百天。」都蘭的行李很簡單，她一直認為上船沒甚麼可帶的，船上生活簡單、空間有限，帶那麼多東西也沒用。

付初哀號一聲:「你也要出海?那我怎麼辦?」

「我和你爸商量好了，我們輪流出海，總能保證家裏留下一個人來陪你。再說，你爸爸做飯多好吃啊，你不開心嗎?」她帶了一個保温杯，抓了一把西洋參和紅棗丟進去，據說這樣能緩解暈船。

「你要把我獨自丟給兇巴巴的老付!你怎麼忍心……」

「你得叫爸爸！對了，你起這麼早幹甚麼?」

付初氣哼哼地走進衞生間刷牙、洗臉，沒搭理她。

都蘭走進來，「別不開心了，我會給你帶禮物的。」

「又是神祕的海底禮物——皮皮蝦嗎?」

「哈哈哈，不是的，先保密。你今天到底去幹甚麼啊?難道我就要出遠門了，你連這麼點兒事都不能告訴我嗎?」

「不能！」付初大聲地、恨恨地答道。

他聽到都蘭嘟囔了一句「這個孩子」，然後是防盜門「嘭」地關上。付初跑到窗戶旁去看，只見都蘭正一邊走向車站，一邊把防海風的紫色夾克塞進包裏去。

以往，每次他去上學，都蘭都愛趴在窗口看他，這還是他第一次目送她離開家呢。他對着她的背影大喊：「媽媽，再見！」

付初站在約定的站點前不停地打呵欠，謝蒙和沈魚出現時也是半夢半醒的樣子。起得太早，三個人都沒甚麼興致聊天，直接跳上了早班車。

沿着海岸線而建的路，帶着起伏的曲線。車窗大大地開着，海浪震動着灘塗，往返不停，催眠着一車的人。

海灘有兩種，一種是嶙峋凌亂的石頭灘塗，線條堅硬、邊緣尖銳，像是用小刀在紙張上刮出來的。另一種是麪粉般細軟的沙灘，海浪舔舐的地方，沾水的皮膚似的皺成一圈圈波紋。

後一種沙灘上多見各種唱歌的大爺，戴着尼龍頭罩防曬的大媽，還有外地趕來朝聖大海的遊客。

車途中穿越海底隧道，它連接膠州灣兩端。原來只能坐渡輪穿越這片海灣，一旦遇到五六月那種海霧彌漫的天氣，渡輪就會停運。而自從海底隧道建成後，渡輪便成了觀光用船。

一座跨海大橋就坐落在隧道上方。付初還記得都蘭計算過這裏洋流的流速，她帶回家的圖紙充滿了玄機。他不知道從公式到建橋需要幾步，反正幾年後，當都蘭帶他來看跨海大橋時，他覺得那橋像是一隻長頸龍在俯身喝水，因為找不到淡水，便把脖子拚命伸長，一直伸到對面的陸地上去。

隧道兩端的天氣迥然不同，那頭晴天，這頭陰着。如同一個蛋殼被打碎，磕出兩半雞蛋，落在赤道兩側。

三個人終於下了車，發現這是一片不在規劃範圍內的海灣。沒有遊客，沒有基建，海風颳過，細沙飛揚。

三個人左顧右盼，看不到其他同學，顯然只有他們聽老師的話跑來了。

「國家深、海、基、地。」謝蒙一字一頓唸着路旁的標誌牌。

「你爸爸不出海時，就在這裏上班吧？他能把我們帶進去嗎?」沈魚問。

「他今天去菜市場了，再說我也不想求他。」

付初覺得求老付是一件很丟人的事，有甚麼是自己解決不了的呢，他都這麼大了。「我們去問問安保人員，看怎麼進去。」

門口的保安早就得到了通知，把「付謝魚」錄入電腦，確認身份後便打開大門。

三個人走了十幾分鐘，才看到米黃色的辦公大樓。它面對着一片巨大而空曠的廣場，廣場呈放射狀展開，彷彿是為正前方的海灣做足鋪墊，再把主角的位置拱手相讓。

海，主角當然是海。遠遠望去，沙灘只有指甲蓋那麼大的一圈，清淺的浪一下下落在上邊，沖刷着不可計數的沙礫。白色的向陽紅9號穩穩地停泊在海港裏，彷彿天鵝棲息在鏡子上。

應試者都穿着橙色的救生衣，而觀看的人則在廣場邊找到了合適的位置。考官在向陽紅9號上，他們同時還要負責指揮下放和收回「蛟龍號」的任務。

唐冉是所有應試者中最年輕的，幾個五十開外的大叔似笑非笑地看着他，覺得他簡直把當蛙人考試當兒戲。

其中一個問他：「你多大了?」

「二十了。」

「二十歲長這樣啊?」大叔想了想，問另一個應試的哥兒們，「我們是二十歲那年當兵的吧？那時我們也長得這麼嫩生嗎？」

另一個大叔瞥了一眼唐冉，從一旁的裝備裏拿出一頂藍色安全帽遞過去，「小子，一會兒我們是不會照顧你的。自己注意點兒，安全第一。」

唐冉哭笑不得，突然看到人羣中的付初，就驚喜地跑過去，「你是來看我考試的嗎？考完記得一起回我家吃餛飩啊！」

付初不敢迎着他的目光，只盯着唐冉領口曬出的棕色皮膚，「不吃了，你能把錢還我嗎？」

「嗯？」

「那天的錢，我現在有急用，能還我嗎？」

幾個大叔吆喝唐冉上船考試，唐冉揮了揮手，示意他們先去。

「那錢我已經花了……餛飩攤各種營業執照都上齊了，又添置了一些設備，打算租個店面，那些錢做了第一個月的租金。」

「麻煩你一週之內還給我，你為難的話，我自己去跟阿姨要。」付初自以為這樣說，就能讓唐冉明白這錢的重要性。

其餘的蛙人應試者都上了船甲板，只等唐冉了。考官便拿了擴音器喊，再不去就算自動棄權。

唐冉的嘴脣抿成一條線，只說「你等我考完再談」，便匆匆跑去。

謝蒙和沈魚站到付初身旁，他們總聽付初提起唐冉，可這是第一次見到他本人。

「他長得一點兒都不像蛙人！」沈魚說。

謝蒙「嗤」了一聲，「蛙人還有像不像的?」

「我是說，和其他幾個人比，顯然他最沒經驗，而且也太年輕，看起來不牢靠。」

「這倒是，我記得蛙人是一種特種兵的名字。專門負責水下偵察、爆破，訓練和考核的難度足以讓硬漢流淚，有一項是要匍匐在石頭上前進……反正，我就做不到。」

「但這裏的蛙人是給『蛟龍號』掛吊纜和拖拽纜的船員，與『蛙人水下部隊』是兩回事，也許考核會寬鬆很多吧。」付初插了一嘴。

沈魚搖頭，「未必吧，你沒聽見剛才幾個大叔之間的談話嗎?人家都是退役軍人呢。雖然這裏的蛙人沒有特殊兵執行任務那麼艱難，但敏捷的身手、無畏的勇氣、和大海搏擊的經驗，這些也是一樣都不能少。唐冉還是嫩了點。」

此時，所有人的目光都聚集在向陽紅9號上。

「蛟龍號」被推出了A型架，一個穿海軍藍工裝、外套橙色救生衣的年長蛙人乘坐升降機，先跳上「蛟龍號」頂部，掛上了主吊纜。

「蛟龍號」被抬了起來，A型架擺動到45度時，便慢慢把它佈放入海，只留一根吊在「蛟龍號」腰部的主纜。而過一會兒，這根主纜就會由蛙人解下來，這是他們的主要工作。

這麼精密、先進的設備，卻仍然需要人工扣上和解開纜繩，這種反差非常微妙。

「那兩個墜子是做甚麼的？」沈蒙指着「蛟龍號」頭部下垂着的兩條繩子，那繩子底端有兩顆白色浮球。

沈魚連忙打開手機搜索起來，「報道說『蛟龍號』是自主上浮和下沉，也就是說，它是靠重力下沉，浮力上升。因此需要有蛙人來掛上和解開纜繩，才能從母船上下放和回收。這個浮球是用來托住潛水器的，它便能在海面浮住，不會沉下去了。」

謝蒙一拽她的衣服，「開始了開始了，仔細看！」

「我，我近視，看不清……」沈魚嘟囔着。

蛙人測試者四人一組，沿着甲板上垂下的軟梯下到一個小小的橡皮艇上。

橘黃色的小艇因為突如其來的重量而顫動了四下，唐冉還沒來得及坐穩，發動機「轟」的一聲，小艇被氣流噴射，推出了母船。一瞬間，唐冉想喊、想吐，但是喉嚨被緊張給堵住了，彷彿怪獸吞下了他的腦袋。

小艇長不過3米，寬不過2米。四個人坐定，無須言語介紹，眼神打了招呼，已是生死之交。他們中三個都是中年人，最年輕的唐冉心裏有些怯了。他緊緊盯着海面。小艇駛離了大船，來到船尾數十米處待命。如果靠得太近，就容易被「蛟龍號」下水所攪起的旋渦所吞噬。

海面的浪從遠處滾滾而來，凝聚成一條白線，推土機一樣推着途經的所有海水，使得它們愈升愈高。

吊着一口足氣的海水形成了灰綠色的牆，嘯出陣陣風聲。及至近了，先是渾身聳動，接着鋒頭一壓，鉚足了那口氣，隨即波峯破裂，白沫四濺，怕是要把人拍成餅子。

長長的波浪繼續生成、橫亙、拱起、下壓，不知疲倦、不容喘息……小艇就像一隻浴盆裏的小塑膠鴨，不停打轉，自不量力地和海浪拉鋸。

今天天氣實在不好，雖然這僅僅算得上中浪，但幾乎已經是「蛟龍號」佈放下水的條件下限了。

小艇上沒有人說話，大家似乎自動分好了工。有位大叔頂着湧浪，指揮着小艇勉強從側面接近了「蛟龍號」。

「誰上?」那個借給唐冉一頂安全帽的大叔用目光巡視在座幾位。

他指的是需要有一個人先跳到潛水器上，把纜繩末端連接潛水器的銷子拔掉。這是最危險的工作，也需要足夠好的體力。

原則上，每個蛙人都必須具備這樣的能力，然而到了關鍵時刻，誰不膽怯呢?

沒有人吭聲，唐冉覺得屁股像被黏在了橡皮艇上，每一次

蛟龍

浪起顛簸，他的心都在尖叫。

那大叔自嘲似的笑了一下，「那就我上吧。」

他伸出手，一把夠到了「蛟龍號」上的護欄，企圖跳上它那紅色的背部。大浪一個巴掌拍過來，小艇高高翹起，與「蛟龍號」分開數米遠。再靠近，又是一次失敗。最後一次靠近時，整個小艇上的人都去拉住護欄，他們把牙齒咬得咯咯響，喉嚨裏嘶鳴着。然而大叔跳上去時一個趔趄，險些跌入海中。

這時，大叔們看見一個身影縱起，奮力向「蛟龍號」的背上跳。那是唐冉。

唐冉並不吭聲，只是伸出兩臂，像長臂猿一樣抱住那頭「蛟龍」。在一波一波小山峯般的浪濤中，他和那頭不可馴服的「龍」一起，不停地被甩來甩去。

他跳得早了點兒，忘記了順着浪的勢來——浪起時躍起，浪退時退下，但到了緊急關頭，誰還記得這個呢？他一心想着代替那個已經體力不支的大叔，卻把自己置於危險之中。

「小伙子，小心點兒！」大叔驚叫起來。

浪撞進唐冉的眼睛裏，使他刺痛。他已經渾身濕透了，而「龍」還在擺尾，他像在烈馬上顛簸，很快就要打橫過來。他看到了主吊纜上的那個圓環狀的銷子，他得抓住它，把它從「蛟龍號」的背部拔出來。

看到他摸着了銷子，大叔心裏輕鬆了點，為了緩解氣氛，他昂聲問：「海水鹹不鹹啊？」

唐冉剛想回答，一波新的浪把他高高地舉起來，海面盡是白波。銷子拔出的聲音被淹沒在浪濤聲中。

「好了好了，快跳到橡皮艇上來！」大叔又喊道。

唐冉跳起來，這時大腿根部有甚麼把他使勁拉了一下，一根纜繩纏住了他的大腿。又是一個大浪襲來，唐冉趁機躍起，擺脫了纜繩，卻瞬間被摁進海水中。

白浪粼粼退去時，唐冉已經失去了蹤影。

沈魚怪叫起來，付初一扭頭，看到她不知道從哪裏弄來一架望遠鏡，一邊看一邊擰着自己的胳膊。

「快給我看看！快！」付初奪過望遠鏡，他看到向陽紅9號上每個人都心急如焚，有更多的人從船艙裏衝到甲板上。

而唐冉那件橘紅色的救生衣，載浮載沉，被沖出好幾十米遠。所有人都像是被扼住喉嚨一般，緊張到連聲音都發不出來。

救生艇上的人們紛紛跳下海，一個大叔游過去，揪住那橘紅色的救生衣，猛力一提，把濕淋淋的唐冉拎上小艇。

幾秒鐘後，唐冉仰躺在小艇上，揮舞着手腳。當他看清楚一張張關切的臉時，終於安心地停止了掙扎。他翻過身，頭朝下，吐了一口海水，又吐了一口。

「真鹹，真鹹！」然後他想起自己還活着，就笑了，露出了一排白色牙齒。

向陽紅9號上的總指揮鬆開死死攥着的拳頭，緩了口氣，對身後聚集的人一揮手，道：「走，我們迎接英勇的蛙人去！」

付初看到甲板上的一羣人不顧一切地擁抱在一起，從髮梢到腳跟，海水和汗水混在一起。隔着望遠鏡，彷彿都能聞到那烘熱、潮濕的氣息。

救護員將唐冉抬上擔架，他路過付初身邊時，示意護士停一下，伸出手，握住了付初的手，「我會把錢還你的。」

他的手冰涼！付初心裏想。

看着唐冉用止血帶裹住的大腿，那還在洇着血的傷口提醒着他：也許是他提了錢的事，才分了唐冉的心，是他害他傷成這樣的！他恨那筆錢！

付初連忙一疊聲地說：「不要，不用……」

他想要順順唐冉打濕在額際的頭髮，卻不知道現在的唐冉是否樂意接受這些朋友間的小動作。

「一定還！」唐冉堅定地說。

救護車走後，沈魚擺弄起手中的望遠鏡。

這小巧的望遠鏡如一部手機，只有紙殼一般的重量，卻竟然有紅外線夜視和拍攝功能。

謝蒙見了不由得問沈魚：「這望遠鏡哪兒來的？」

「我不是剛才嘟囔自己近視嗎？有個女孩把它遞給我用。」

「好心人吶！她人呢？」

「我也不知道啊，還想還給她來着。不過她很好認，你也能把她認出來，她的眼皮竟然是粉紅色的。」

這話鑽進付初耳中，同時一個人閃進他的腦海，難道「小偷」也出現在了這裏？

他環視四周，海風勁猛，基地裏的樹木整個兒向左歪斜。

除了樹木和一些孤零零的建築物，再沒有可以藏身的地方。

「把望遠鏡給我看看。」

付初翻動望遠鏡，發現它已經自動把剛才蛙人海試的內容錄了下來，而且由於能自動調焦拍攝，效果比肉眼觀看強多了。

付初的心裏隱約有些不安，從企圖帶無人機上向陽紅9號，到徐老爺子病房裏的錄音筆，再到今天這能攝像的望遠鏡……

一步一步，他們的目標一致，關心的事情一致。但不一樣的是，付初知道爸爸的工作需要簽署保密協議，不能夠泄露關於「蛟龍號」的一切，所以他從不以任何形式去記錄。但那個「小偷」不一樣，她把這些影像記錄下來，是要做甚麼用呢？

海試結束後，人羣漸漸散去。到了深海基地的中午下班時間——十二點，響起了提醒工作人員吃午飯的音樂聲。三個人的肚子也傳來尷尬的響聲。

畢竟起得太早，誰也沒顧上吃早飯。

「我說，我們怎麼吃飯啊？」這是謝蒙最關心的問題。

「我們不是工作人員，沒法去食堂吃飯吧……要不坐班車回市區吧。」海邊天氣變化無常，從早上的陰天變成豔陽高照只花了不到十分鐘。沈魚驚覺自己沒擦防曬霜，又餓得氣息奄奄，簡直要暈倒了。

「那不得餓死！」謝蒙想起付雲濤應該在這裏工作，「對了，我們去找付叔叔吧！」

說完，謝蒙拉着沈魚跑進米黃色的辦公大樓大廳，而付初卻站在原地不動，呼吸急促——他看到月牙形的沙灘上，「小偷」正站在那裏。

此時，所有人都離去了，沙灘上只有一些海藻。「小偷」左顧右盼，站起來又蹲下，看上去像是在迷宮裏打轉。

付初離沙灘僅僅隔着兩分鐘的路程，這麼近的距離下，他相信這次不會再讓她逃掉了。

他迅速跑起來。突然，一輛大巴橫在他面前，那是通往市區的班車。付初簡直覺得全世界都在和他作對！他繞開大巴熱烘烘的屁股，從另一側走向沙灘。沒有人。

海藻是苔蘚綠或者褐色的，沖上他的腳面。濕潤的沙灘上除了零散的石塊，還有一行數字。

石頭在沙灘上寫出的字很好認，稚拙、粗圓，邊緣沙礫翻捲。

8844-154 ⊙。

數學題？付初心算了答案，8844-1540=7304。可這個數字代表甚麼意思呢?

海浪正像火山熔岩一樣舔着這些字，付初掏出手機把它們拍了下來。不消一會兒，那些字就會像鹽溶進水，消失得無影無蹤。

遠遠地，他聽到謝蒙和沈魚在喊他。他向岸上走去，大巴也向深海基地的門口駛去。一瞬間，只是一瞬間，他又看到了「小偷」——她從大巴裏向窗外扔出一個小紙球，然後迅速關上車窗，拉死窗簾，遮擋陽光和他的視線。

「小偷」借助大巴擋住視線的機會，來了個「調虎離山」，自己坐着大巴跑了。

付初大喊着奔跑起來，追了上去，可是車捲着一陣煙塵，變成了一個小點兒。

謝蒙和沈魚找到付初時，他正蹲在地上看那張紙條：

如果解開了沙灘上的題目，請帶上我的鋼筆和望遠鏡，面談。

付雲濤帶着幾個孩子去吃飯，手裏拿着三張飯票。這種臨時飯票上都印着「蛟龍號」的圖樣，謝蒙和沈魚一邊一個走在他身旁。

付初落在後邊，想不通7304能是甚麼意思，這問題導致他毫無胃口。

沈魚沒有放棄任何一個接近付雲濤的機會，連連問了一堆關於深海的事情。

原本她覺得做下潛員很有趣，但自從上午看到唐冉受傷後，她意識到一切不是自己想像中的那麼簡單。這份工作有趣、新鮮，但更多的是危險和責任。

「付叔叔，你這份工作這麼刺激……呃不，危險，家裏人不會很擔心嗎？」

「當然會擔心，那就不要告訴家裏人危險的事情，只報那些好的、有榮譽的事情嘛！」

「那……在那麼深的海底，你真的一點兒都不害怕會出事故嗎？」

「這個還真不怎麼怕，因為我對『蛟龍號』的安全系統很放心。」

「你從來都不會拒絕下潛嗎？比如累的時候或者心情不好的時候，怎麼辦呢？」

付雲濤停下來，「你知道這份工作對我來說最大的意義是甚麼嗎？」沈魚搖頭。

「就是責任啊！國家培養我、信任我，讓我去做這樣一份特殊的工作。別人不願意做的，我要做；別人害怕的，我要去做——因為這是我的職業、我的責任。」

說着，四人已經來到餐廳門口。

付雲濤露出一排白牙，「快去吃飯，這可是海景餐廳哦！」

午飯是自助餐，注重葷素搭配，還有餐後水果。謝蒙拿了餐盤，見付初還在發呆，就用勺子敲不鏽鋼盤子，「吃飯啦，吃飯啦，打起精神來！」

付雲濤找到一排空位子坐下來，旁邊正在吃飯的人瞥了一眼三人組。

看得出這人不怎麼愛說話，他皮膚微黑、中等個頭，與穿着淡粉色T恤的付雲濤相比，他那身深藍色工作裝看起來太樸素了。他穩重、沉默，雖然眼神中充滿詢問，卻依然不聲不響低頭吃飯。

付雲濤上前去拍拍他的肩膀，招呼孩子們：「來來，你們一定要認識一下。這位是——」

「唐佳霖叔叔，另一位英雄潛航員。」沈魚先聲奪人，「和付叔叔一樣，也是第一批『蛟龍號』潛航員。」

唐佳霖笑了一下，皺起鼻翼，顯得有些羞澀，看得出平時很內斂。

付雲濤和唐佳霖吃飯都很快，他們一邊看着食堂裏唯一的一台電視，一邊啃西瓜。午間新聞正播放喜馬拉雅山脈發現了新物種——胡狼。

「喜馬拉雅山脈，地球的第三極。」付雲濤嘟囔道。

「馬里亞納海溝，地球的第四極。」謝蒙邊往嘴巴裏塞蝦，邊接上去。

「看來你們沒忘我的講座。」付雲濤笑嘻嘻地說。

唐佳霖看到付初只顧着端詳手機裏的照片，沒吃幾口飯，就問他是不是不舒服。

付初剛想到，1540也許是年份。但1540年也太久遠了吧？他的歷史學得也不好，便問：「唐叔叔，你知道1540年有甚麼重大事情發嗎？」

「1540？想不出！」唐佳霖看了一眼他的照片，指着說，「這個0，裏邊怎麼還有個點啊？就像一個人站在裏邊。」

付初一看，的確，那不是0，而是⊙。

那這樣說，1540就完全不對了。

唐佳霖屬於吃飽了就絕對不肯在座位上再多坐一秒鐘的人，他收起餐盤，「好了，我要去車間了。」

「車間？甚麼車間？」謝蒙的嘴角還汪着油。

「『蛟龍號』的修理、維護車間，在離餐廳幾百米遠的地方。那是深海基地裏海拔最低的地方，因為那邊還有一個巨大的儲水池，用來做下水、打壓這類的測試。」

海拔？

付初猛地推開餐盤，衝出食堂，沿着石板路跑到海邊。像是魚突然衝進了池塘，他覺得大量的空氣湧進他的肺部，泡沫在腳下發出破裂的聲音。

黃海的海水抱着世界温柔地搖晃，沙蟹勾住他的腳趾，海鷗比比皆是，翅膀張開成一字。

我國最高海拔：珠穆朗瑪峯，海拔8844.43米。

我國最低海拔：新疆吐魯番盆地，-154.31米。

我國海拔高度基準點：青島，0海拔。

154前邊的不是減號，而是負號。

而 ⦿ 中的那個點，是原地等待，是聚首之地，是謎底。

8844

-154 ⦿

⦿——中華人民共和國水平零點，在此相見。

一排排白色遊艇
彷彿是裝訂好的書冊
在鏡子般的海面上
書寫着楔子

第五章

零與海平面

如果不是為了探求真相，付初根本不會跑到遊艇俱樂部來。但沒辦法，水平零點的標誌位於這裏。一條近30度的巨大斜坡連接了俱樂部大院和院外的馬路。付初心中暗喜：這個地方不利於騎車。

從大院外邊看完全想像不到這裏也有海。青島的海岸線雖然綿長，但拜城市規劃所賜，全都切成一塊一塊的。這裏因為不是熱門旅遊景點，遊人不多。付初趕到時，已經下午六點多了，警衛再等半個小時就可以鎖門回家。

付初坐深海基地的班車回了趟家，拿了「間諜」鋼筆又打車來，滿身餿汗。在六月的傍晚，即使在海邊，風中也絲毫感受不到涼爽。

港灣中的海被征服了，被固定了，有人圈出小小的區域，用來停泊遊艇。看遊艇的老頭坐個小紅板凳，凝視着遊艇和灰色的石頭塊。

一排排白色遊艇，彷彿是裝訂好的書冊，在鏡子般的海面上書寫着楔子；也有的駛出港灣，與浪的律動搏鬥者，書寫的是驚濤駭浪的正文。

岸邊，一組組雕像昭示着人類和海洋的關聯：哥倫布、媽祖娘娘、海中誕生的維納斯、海豚……

水平零點的雕像就在盡頭，再遠處，就是海邊的護欄。

整個雕塑是由三部分主體組成的，下半部的黑色支架有點兒像A型架，起支撐作用；上半部是一個倒三角形的青綠色鉛錘，以鉛錘為基座，托舉着一個地球儀。

無論是珠穆朗瑪峯那8000多米的海拔，還是「蛟龍號」曾下潛到的7000多米的深海，都是以這裏為基準開始測量的。

稀疏的遊人多半懷着好奇看一眼就走開，沒有人過多停留，很少有人能發現第三部分，而那正是這裏的重點。

付初走到雕塑的黑色支撐架下方，與鉛錘垂直的，是一個與地面齊平的觀測井。井面以玻璃封頂，井底卧着一個巨大的紅色瑪瑙球，球體的頂平面才是我國海拔0米的地方。

再有不到半個小時這個景點就要清場了，但依然不見「小偷」的影子，難道他的推測錯了嗎？

六點半，警衛跑來提醒他，參觀完畢請立即離開，景點要清掃後關閉了。

就在這時，付初看到了「小偷」，她陪着另一位警衛向這邊走來。付初拿出鋼筆和望遠鏡，迎了上去。

「小偷」一邊扯着警衛的袖子，一邊驚喜地叫道：「叔叔，就是他撿到了我的東西，還一直在這兒等我，能不能給他寫一封表揚信寄到學校？哦，現在不流行表揚信了？那就發微博吧。」

那位正要清場的警衛詫異地挑着眉，連問是怎麼回事。

「我今天在這裏丟了一支鋼筆、一架望遠鏡，還以為找不着了，沒想到被人撿到了，還一直替我保管呢。」「小偷」走到付初面前，「謝謝你，現在可以還給我了。」

付初急忙反駁：「不對，不是這樣的！」

「怎麼，鋼筆和望遠鏡不是這小姑娘的？」警衛問。

「是她的，但……」

「是她的就還給人家啊！虧人家還想發微博來謝謝你！」警衛把付初手裏的鋼筆和望遠鏡接過來，塞給「小偷」，「外地來旅遊的吧？聽口音不像本地人。以後出去玩要帶好東西，別丟了。」

「小偷」甜甜一笑，「謝謝叔叔。」

付初覺得有一隻焦躁的手抓住了他的胃，在那兒攪來攪去。事情正在慢慢脫離控制，就像設定好的船偏離了最初的航線。

他湊上前去，心想不如來個順水推舟，「既然是外地人，可能你不知道路，要不然我送你一段吧。」

「不用了，我記得路。你快點兒回自己家吧。」她拆了他的招。

想得美，不會讓你逃走！付初心裏想。

「反正我也沒有甚麼事兒，不如把你送回旅館。你住哪裏?」

「小偷」又扯起了警衛的袖子，聲音甜美，像含着糖果，「叔叔，我們兩個都是未成年人，您說，我們要是遇到危險可怎麼辦?要不然這樣，你們兩位，一位送他，一位送我。你們看怎麼樣?」

付初是被警衛送回家的，一路上他幾次試圖告訴警衛關於「小偷」的真相，無奈那位警衛一路都在和自己的小女兒打電話。

「你原諒爸爸吧，爸爸過一會兒才能回家……原諒了就親爸爸一個好不好?」

他們走回家屬院時，付初看到老付正從馬路對面走來。老付穿着一件白汗衫，微微腆着肚子，左手拎着飯盒，右手拎着垃圾袋。因為天熱，他每走一步都要拿胳膊肘擦擦汗，還沒靠近，付初已經聞到他身上混合着汗味和油煙味的氣息。

「爸爸！」付初走過去。

警衛這時終於掛了電話，鬆了口氣，「好了好了，你見到爸爸了。我可以回家去了。」

老付見有警衛跟着，以為付初又闖了禍，眼睛裏射出兩股凌厲的光，「你又怎麼了?」

「沒甚麼。」付初沒有心情跟他說話。

「這位爸爸，你有點兒兇啊！」警衛叔叔湊上來，「我是從來不對女兒這麼說話的！何況孩子不也沒做錯甚麼嗎?只是我怕天黑了不安全，主動要送他回家的。」

老付又瞪了付初一眼，「最好是沒甚麼，要不然看我不教訓你！」

父子倆見面經常是這樣，還不到兩秒，就劍拔弩張。

「我去給徐老送飯，你先回家去吧。飯在桌子上，還熱呢。」

說完，老付邁着外八字，揮舞着熱騰騰的汗味，一點點兒走遠了。付初看着老付的背影，突然衝上去，幫他拿起飯盒，「爸，我替你去送飯。天太熱了，你回家歇着吧。」

汗從老付敞開的領子口滑落下去，他掏出手帕擦了擦額頭，又遞給付初，「你還沒吃飯呢，跟我瞎忙活甚麼。這麼大孩子了，連個手帕都沒有，拿去吧，渾身泥猴兒一樣的。」

付初還膩歪着不肯走，猶豫着要不要把「小偷」的事告訴老付，結果老付以為他在磨蹭，又一瞪眼，「還幹嗎?別耽誤我送飯！趕緊回家去，你媽說讓你打開郵箱看看。」頓了一下，他又說，「你別忘了給你媽回郵件，她在船上一天只能固定時間收一次信，別讓她等着。」

聽到這兒，付初才決絕地跑回家去了。

小樓是20世紀90年代的住宅，樓梯又高又陡，付初小時候好幾次在樓梯上摔倒。打開房門後，光線一下子昏暗下來，如日暮永遠駐紮在了這裏。那是因為媽媽討厭濃烈的光線，所以常年拉着窗簾。陽光幾經折射、壓抑，被漂染成水一般柔軟的綢子，鋪在房間的各個角落。

這個家有一股淡淡的霉味，90年代的家具笨重而佈滿劃痕。書桌的玻璃板下壓着付初從小到大的照片，看着它們，彷彿一腳跨入時間的縫隙裏。

打開電子郵箱，顯示收到一封新郵件。

是一張媽媽的照片，她穿着那件紫色夾克，把長髮紮起來。背景是一艘巨大的白船，船上寫着「大洋一號」四個大字。她站在綠色的甲板上，手扶船舷微笑。付初凝視着媽媽，原來投入工作中的她是那麼自信和美麗。

郵件的正文是這樣的：

小初：

我們的航次終於起航了，你知道這有多麼不容易嗎？從年初到今天，長達八個月的時間裏，我們要把不同學科、專業，來自不同單位的專家們集合到一起，每天都像打仗一樣。

此刻，船已經航行至長江口水域，雖然風浪較大，船有點兒搖晃，但還是順風順浪。天氣預報說，明天海況就會變好。

在海上是沒有信號的，不能像陸地上那樣隨時聯絡。我們每天只有一次固定的時間用來收發郵件。於是，我決定坐下來寫這封郵件。這就是我早就想好，要送你的神秘禮物——一份海上航行日記。

我們這艘船叫「大洋一號」，船體總長104.5米、寬16米，排水量為5500噸級，全速能達到16節，是中國遠洋科考船的一面「旗幟」。

啊，對了，1節也就是1海里，也就是每小時1.852公里的速度，這是船舶行駛的里程單位。

據說在16世紀，有一個聰明的水手，在船舶前進的時候，把拖有繩索的浮體拋向水面，根據在一定時間裏拉出的繩索長度，計算出船舶的速度。為了更準確地計算，這個水手在繩索上打出了許多等距離的結。這樣，整根計速繩索便被分成了許多節，只要計算出一定時間裏放出的繩索節數，就可以知道船舶的航行速度了。從此以後，「節」便成了國際上通用的航海速度單位。

說回我們的大洋一號吧，位於頂層、視野最為開闊的是駕駛甲板，其下五層分佈着生活區、餐廳以及六個實驗室，這些實驗室涉及生物、地質、地震等各個方面。

我們的這艘船的甲板上佈滿了設備和儀器，船員剛才看到時哀歎連連，因為他們原本還想在甲板上打籃球呢！我們這次的目的地是西太平洋。說起來，你一定學過，世界大洋通常被分為四大部分，即太平洋、大西洋、印度洋和北冰洋。

你想過大海和大洋有甚麼區別嗎？在你心裏，它們一定是一樣的吧？其實，洋是海洋的主體部分，一般遠離大陸，面積廣闊，佔海洋總面積的大部分。一般深度大於2000米的海洋區域才能被稱作「洋」。大洋的鹽度和温度都不受大陸影響，具有獨立的潮汐系統和強大的洋流系統。

海是海洋的邊緣部分，全世界共有五十四個海，其面積還不到世界海洋總面積的10%。海的深度較淺，平均深度一般在2000米以內。其温度和鹽度受大陸影響很大，並有明顯的季節變化。海的水色低，透明度小，沒有獨立的潮汐和洋流系統，而是由大洋傳入，但潮汐漲落往往比大洋顯著。

我們海洋學科的人中流傳着一句順口溜：海是海，洋是洋，不要把海說成洋，也不要把洋說成海。

聽說你想報考少年潛航員，這個想法很不錯啊！不過，你是不是先把書架上那本《海底兩萬里》給讀完呢？

愛你的 媽媽

看完郵件，付初跑到書架上抽出那本《海底兩萬里》，「啪啦」，還有一樣東西掉出來。

棕色的皮面，打開來是老付的工作筆記。他大體翻了翻，都是蔬菜在艙底擺放的位置，還有不同蔬菜的配比、船上的工作人員都喜歡吃哪種蔬菜等。

他嘟囔了一句「無聊」，本子裏夾着的一張紙片應聲掉了出來。

那是每一位蛙人考試後的打分項，看起來並不是正式版本，倒像是謄分時的草稿。反面都是些筆跡潦草的菜譜，老付應該是隨手抓了一張廢紙寫他那些靈機一動的新菜，隨後又夾進本子裏。可這對付初來說，卻像是泄露的天機。他急忙找唐冉的名字。

唐冉那一欄很簡單，只有「不合格」三個字。

他再三確認，準確無誤。他的心彷彿被尖銳的植物扎到了，他替唐冉感到難過。長久的期待，反覆的練習，只是因為一瞬的失敗，全盤皆輸，變成白板。

唐冉能接受嗎?

唐冉在家裏躺了將近兩週，大腿的傷口剛剛癒合，他就像上陸太久的兩棲動物一般，迫不及待下了海。

腳踩過滾燙的沙子，肌膚突然受了海水的滋潤，身體漂浮起來，無比輕盈。他四五歲就學游泳，所有的海水浴場都有他童年的影子。先是沿着海岸線巡游，爸爸在浪潮裏吼叫：「膝蓋不能彎曲！」等到爸爸不再吼叫時，他已經挑戰到防鯊網了。

大腿帶動小腿，打水，前進或者後退，重複。他沒有彎曲膝蓋，完成了直行和潛行。天空始終低垂至鼻尖，平整如熨。雲彩是大團大團潑墨上去的，其下水汽茫茫。有不大的男孩坐在防鯊網上高歌，彷彿無所不能，那是童年的他。

1000米，他游畢折返，心裏想着一直沒有得到蛙人後續的通知。實際上，如果沒有通過，是不會得到通知的。只有成功者享有號角——這是爸爸說的。

曾經，「蛟龍號」招募第一批潛航員時，爸爸也報名了。哪個男人不夢想自己是蓋世英雄呢?但幾輪考試下來，唐爸輸在了酒癮上。他在幽閉空間測試中倒是沒有任何害怕，只是犯了酒癮，焦躁不安，捶胸頓足。一瓶啤酒解了他的渴，也澆滅了他的可能。做潛航員怎麼能在這麼微小的慾望面前屈服呢?他們要征服的，可是地球最深的腹地——海洋藏得完好無損的祕密啊！

父子兩代都是失敗者，唐冉覺得不甘。不甘是蚌的兩片殼，把容易受傷的他緊緊箍住。

他回到沙灘上，默唸：海陸風、黑潮、藍指海星、環礁、絕對鹽度、海陸風、灰翅鷗……這些詞匯對別人毫無意義，卻能讓他平靜下來。

他幾次都拒絕了付初的探望要求，也不允許家人過多照顧自己，實際上他們也沒空。

付初給的那筆錢早就花完了，爸媽決定把餛飩鋪開起來，等盈利後，再連本帶利還給付初。唐爸一反常態，承擔了大部分買菜的工作，甚至還兼了一份送大桶水的職。

每個人都有自己的位置，那他的位置呢？他心儀的那個位置不需要他，那他又該去往何方呢？

浪打上來，孩子們玩沙子的小桶五顏六色地漂起來，翻過一個個倒扣的桶，也許能找到四散逃逸的沙蟹。浸入海中的孩子隨着浪的律動躍起，大人仰着臉，在身旁咯咯的笑聲中鹽一般溶化。

不要緊的，不要緊，唐冉，每個人都還能快活地笑出聲，你也能的。只要熬過這一段，你也能的……

老付這幾天回家時，神采奕奕的。據說，少年潛航員的報名情況遠遠超出大家的預想，報名表總共有五百多份，鋪在辦公桌上。郵箱裏每隔幾分鐘就會出現新的報名郵件，這個數字甚至比成年潛航員的報名數的兩倍還多。

最初的審核只需要看報名通知上寫的那四條，可三人組總纏着老付，希望他能多說點關於考試的細節。老付看了一眼報名標準，嘿嘿一笑，「看起來簡單，實際上還有無數關卡等着你們呢。」

「我們是少年潛航員啊，又不會真的讓未成年人下潛，也需要那麼嚴格嗎?」沈魚問。

「這是甚麼話！你們是作為未來潛航員培養的。雖然不會讓你們執行甚麼危險、專業的任務，但標準怎麼能放鬆呢?你們三個不要以為這是去玩兒，這可不是夏令營！」

「那您能告訴我們需要考哪些內容嗎?也好提前準備一下。」謝蒙湊上前去。

「這不能說，這是保密內容！」

老付說完，就又去網上抄菜譜了。船上不常有網絡，他一般會在家裏把新菜譜抄到那本棕皮本子上。

付初則甚麼都沒有說，拿出打印好的報名表，又仔細看了兩遍報考說明，站起來，穿上鞋出門去了。

在沒有潮氣的時候，裏院的老人們全都搬着摺凳坐到了門口。海邊的天氣最容易患風濕，因此哪怕是太陽烈得能把地面曬出油，老人們也都要出來曬曬骨頭。穿着老頭衫的老頭搖着蒲扇，在樓前圈出一茬菜園的老太太拖着長長的水管澆水，互相有一搭沒一搭地聊着。

付初認出了韭菜、小白菜，還有南瓜花。大朵的雲擦着搭在高處的晾衣繩迅速掠過，分不清是黃瓜還是絲瓜的藤蔓，彷彿稀疏的小爪子。銜着草籽的鳥、收起腿御風飛翔的蜻蜓，還有一拱一拱的毛蟲，都曾在這個小菜園裏短暫停留。

蟬聲嘶鳴，一輛鐵灰色的小拖車橫擋在小路中央，有個小女孩在車前玩石頭剪刀布。車後斗上是蔬菜、大桶水，和一邊卸貨一邊擦汗，還不忘認真思考出布或是石頭的唐冉。

付初拿起手機拍了好幾張他的照片後，終於被發現。

「來找我嗎?」唐冉要從車上跳下來，卻被付初攔住了。

「喀嚓喀嚓」，又拍了幾張。唐冉困惑地眨着眼，不然汗就要掉進眼睛裏去了。

「呀，小初啊，來家裏吃餛飩吧?」唐媽兜着圍裙走出來，一手的麪粉。

「不了，我走了。」

付初像鞋子裏進了沙子，硌着了一樣跑了。

唐媽有點兒失落，「他到底來幹嗎的，這麼會兒就走?」

「不知道！」唐冉搬起最後一桶大桶水。他走了，他沒說甚麼，他們之間確實很尷尬。再見吧，短暫的朋友……

「石頭！」唐冉出拳，鄰居家的小女孩出的是剪刀。

「你輸了！」唐冉回身繼續幹活。

可實際上，輸的不知道是誰，也許是那場變得不尷不尬的友情。唐冉心裏想。

報名成功，得到考試通知的那天，付初又來到唐冉家。距離上一次兩人見面已經過去了一週。

「你能陪我去參加少年潛航員的考試嗎?我一個人去會害怕。」付初提的要求讓唐冉有些意外，他本能地拒絕：「你不是還有另外兩個夥伴嗎?」

「可我只想讓你陪着我。」

「我沒有報名，而且還有許多事要做。」唐冉又開始批發貝殼來賣了，他舉起那些渾圓的、螺旋狀的、軟體生物遺留下來的屍體。

「我沒你不行！」付初交給唐冉一張紙，上邊是考試時間和地點，「你必須來！」

失敗的感覺還歷歷在目，唐冉不想再鑿開傷口，讓自己暴露在內心的戰火下。可到了紙上寫的日期的那一天，他還是去了。

初選的測試地點在一所海洋類大學的操場上。

沒有人坐下，陪同的家長們多半為孩子撐着傘，或者打着扇。從顯示牌上看，得到考試通知的一共是一百三十名選手。

一時間聚集了這麼多人，使得這座已經放假的學校突然間沸騰了。一百三十名應試者根據年齡分成四個組別：青少年男子組、女子組和成人男子組、女子組。

每個組的組員相互之間身高、年齡都差不多，唯一的區別大概只有女生偏少了。沈魚數了一下，一共有三十九個女孩，只有兩個是她覺得比較漂亮的，其他基本可以忽略不計。

沒想到剛開始的體質體能測試就讓三人組大受打擊。測試共分四項：4×10米折返跑、立定跳遠、男子引體向上和女子仰卧起坐、男子1000米和女子800米。

沈魚的仰卧起坐是一邊扭一邊坐起來的，每次都像擰麻花一樣。滿分是一分鐘六十個，但她只能做四十個。謝蒙則從做引體向上的單杠上掉了下來，胳膊肘着地，擦破了一大片皮。

付初準備跑1000米時，唐冉擰開一瓶礦泉水遞過去，這時，他聽到了廣播裏在叫自己的名字。

廣播裏是成人組開始體能測試的通知，然後是一大串名字，唐冉停下來聽。又播報了一次。他走到考官那裏，查看比賽的報名表，很快就看到了自己的姓名和照片。

自己的照片怎麼會出現在這裏？他突然想起付初跑來自己家裏拍照的事，抬眼望去，付初正跑到第二圈，汗水浸透了運動衫，濕了大片，直貼在脊背上。原來在他以為這場友誼要無疾而終時，那個男孩卻替他偷偷報了潛航員的考試。

唐冉真的很想罵那個小子一頓，卻被測試到一半便跑去休息的謝蒙推到了跑道上。當他跑起來時，甚麼都不存在了，只剩下耳側呼呼的風聲。他重複着邁腿、踏出，享受着汗流浹背的滋味。漸漸地，周圍的人們一個個退到遠處去。跑圈多了，他漸漸記不住自己是被別人落下了還是趕超了別人，只有跑下去、跑下去、跑下去……腿傷又扯裂開，但他不想被疼痛控制。

直到身邊一個人都沒有了，唐冉才停下。很快他就發現賽場上的人羣都聚在一處，像是趴在糖塊上的螞蟻。他撥開人羣，看到奔跑中的付初。奇怪，付初不該早就跑完了嗎？但很快他就發現，付初是在追逐一個女孩子。

兩個人像是兩盤旋風，緊咬着彼此。付初略顯疲態，女孩卻如同羚羊，奔跑起來輕盈得彷彿無須沾地。

唐冉抓住謝蒙的肩膀晃，「怎麼回事？付初在幹甚麼？」

「我也不知道，他好像突然就瘋了。女子組剛一開始800米跑，付初就追上去了。」

沈魚倒是知道得清楚點，她原本一直追着前邊那個女孩跑，穩穩地佔據着第二名的位置。可不知道怎麼的，跑着跑着，付初也追上來了。直到沈魚衝過800米終點線好久，付初和第一名的女孩還在跑。

操場上只剩下了兩個參試者，卻聚集了一羣旁觀的人，歡呼聲、口哨聲震天。

付初覺得自己要消失了，胳膊、腿、腳都消失掉，溶化在跑鞋裏的汗裏。

考官吹哨子命令他們停下，然而付初的身體出於慣性仍在向前衝，衝向已經停下的女孩。斜刺裏躥出來一個頭髮微捲的男人，把她拉到一旁。付初剛想跟過去，就被唐冉和沈魚他們包圍住了。

「你到底在做甚麼啊？」沈魚不能理解，但還是遞上了一瓶水。

「那是小偷！小偷！不能再讓她跑了！」

付初說着就要衝上去，卻被唐冉攔住了。他凝視着樹陰下的父女倆，他見過他們。不僅僅是在他在為蛙人考試準備時見過，在更久之前，他們就已經是點頭之交了。

不過這對父女長得不怎麼像。爸爸肌肉矯健，捲髮也不知道是天生的還是燙的，一翹一翹，以他這個年齡當爸爸好像年輕了點兒。女兒則是淺棕色的頭髮和眼珠，和爸爸相反。

那位爸爸大概是意識到幾人的目光，把女孩拉到身後，護了個周全，再是叫來考官，指指付初他們，說了些甚麼。

考官向他們大踏步走來。走得近了，付初才發現考官是葉林——「蛟龍號」開放日的講解員。

「小付，你把那個女孩嚇着了，她爸爸讓我來警告你，不要盯着她看。」

「喂！像她這麼狡詐的女孩怎麼可能被嚇到？」

但葉林不聽他解釋，「我們也認為你這樣做確實違反了考場紀律，如果在剩下的考試中你還會做出干擾他人比賽的行為，我們會考慮剝奪你的考試資格。」

「喂，這不……」

但「公平」兩個字還沒出口，葉林便大踏步走開了。

這時，廣播裏下達了通知：「所有人下午到另一考場集合。」

下午的考試，只來了不到一半的人，考場的階梯教室顯得稀稀落落。付初一直在尋找着上午那個女孩，只見她坐在一長排桌椅的最內側，這樣無數坐在外側的人就成了保衛她的「長城」。

中午休息的空當，付初特地去看了報名表，知道了那個女孩的姓名：梅蘭竹。

廣播裏突然傳來聲響，一段樂曲，《致愛麗絲》。等大家安靜下來去聽時，音樂卻戛然而止。

「聽到剛才那段樂曲的，請舉手。」廣播裏傳來了這樣的聲音。

雖然不明所以，但所有人都舉起了手。

接下來是一段哨音，再接下來是氣球破裂的聲音，然後是氣泡咕嚕咕嚕聲、吹氣聲、蝙蝠的叫聲……每一次的聲音都比前一次更小，舉手的人愈來愈少。

為了捕捉到那些微小的信號，所有人都噤若寒蟬。但漸漸地，他們發現喇叭裏再也沒有傳來任何聲音。

大家面面相覷，就這樣等了幾秒。廣播裏再次問：「剛才的聲音誰能聽到？」

唐冉和坐在角落裏的梅蘭竹舉起了手。

「甚麼，剛才有聲音發出來嗎？」

唐冉坐在質疑聲中，表情淡然，「有啊，像是初雪落在湖面上那麼細微的聲音。」

謝蒙回味了一下，「唐冉，你的另一個身份是詩人嗎?」

沈魚拍了拍付初，「喂，你是不是也沒有聽到聲音?」

付初無動於衷，仍然死死盯住梅蘭竹。只見她周圍也有一撮人，他們多半也是去問剛才的聲音是怎麼回事的。

「啊，其實我甚麼也沒有聽到呢。」梅蘭竹微笑着擺擺手，「但就我推理，廣播裏每隔十秒切換到下一個聲音，剛才是差不多有十秒這樣一段空白。而且，也很難說那是空白，感覺像是一種聲波，也許某種動物能夠接收到這種頻率，但對我來說，只是一種無法描述的感覺罷了。」

說完，她注意到付初的目光，就衝他做了個鬼臉。

謝蒙又拍了拍付初，「哎，我說，那個女孩其實挺可愛的，你不要總是劍拔弩張的好嗎?」

葉林記錄下了大家的聽力成績，見大家還是一臉茫然，便說道：「考聽力是因為，在深海裏，一點點聲音都可能是至關重要的。比如，潛水器發生故障的聲音可能非常小，只有足夠敏銳的人才能及時發現，排除故障，從而保住潛水器和自己的性命。」

接下來，大家被隨機分成四人一組，走進一間拉着窗簾、只亮着投影儀的房間。葉林和唐佳霖坐在一旁，他們是這一關的測試官。

「接下來投影儀的屏幕上會出現一堆雜亂無章的數字，你們要盡快從小到大逐個點擊這些數字。」

有人發出竊竊私語，「考這個有甚麼用啊？」

「每一個考試都是經過嚴格設計的，甚至比航天員考試還嚴格。只有通過考試的人，才會明白為甚麼要考這些。」

屏幕上飛出了一堆數字，大家無暇顧及，開始戳屏幕。

「哎，這裏邊就沒有甚麼規律嗎？」點了一會，沈魚喃喃自語。「所有的數字雖然都被打亂了，但我數過，每個數字都出現了十五次。漸漸就會有許多人因為重複率而走神，所以我想，這一關考察的可能是專注力。」付初猜測道，他說完，偷偷瞥了一眼唐佳霖，只見後者聽到他的話，正微微點頭。

考完後，付初走到考場外，四下尋找甚麼。奇怪，竟然沒有看到那個女孩出來。她過一關要這麼久嗎？

正想着，剛結束考試的唐冉湊上來問：「你在找梅蘭竹嗎？她已經考完走啦！她是女生組最先進去的，也是最先考完的。我是男生組第二個，我進去考試時，看到她爸爸來接她了。」

「呵，保護得還真周密！」

在回去的路上，唐冉跟三人組講了梅蘭竹父女的事。他們不是親生父女，「捲髮」只是孤兒院的工作人員，叫梅隆。梅蘭竹很小父母就去世了，根本不記得自己叫甚麼。自進了孤兒院就是梅隆在負責照顧她，跟親生的沒甚麼兩樣，於是便跟了他的姓，對外一直宣稱是父女。湊巧，父女倆都是唐冉家餛飩攤上的常客，這才了解得多了一些。

「也不知道是誰影響了誰的愛好，梅隆和梅蘭竹都是瘋狂的潛水器熱愛者。我家的幾個潛水器模型都是梅隆送的。」唐冉說，「對了，你們叫梅蘭竹『小偷』是怎麼回事?她偷了甚麼?」

她偷了甚麼?付初的記憶像鳥一樣從腦袋裏飛出來，「她偷了我從你家裏拿來的無人機，偷錄徐老的病房錄音，還偷拍『蛟龍號』蛙人考試的視頻。我看，這父女倆都不是甚麼好人!」

唐冉本想告訴付初，那個無人機就是梅隆的，是他給了唐爸，又輾轉到他手中的。如果梅蘭竹想方設法拿回原來屬於自己的東西，還能算偷嗎?

可最終他甚麼也沒說。

他心目中的梅隆父女和付初心目中的梅隆父女完全是兩種人。他不想輕易妄斷哪種更真實，只想本能地回避一切可能的「戰爭」，他不願意再失去這位朋友。

等適當的時機到了，一定得調查一下這對「父女」。付初在心裏對自己說。

風把一生捲曲
連回憶都是一圈圈的
無人知曉
那是海浪的作用

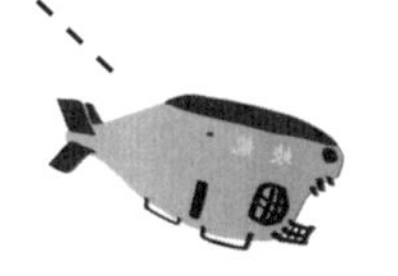

第六章

颱風日誌

雨在空氣中凝結，所有的窗子都打開，濕潤的風繞起窗邊的風鈴，響聲如銀子的碎片，「丁零當啷」落下來。

長長的紗質窗簾捲起，蟬的叫聲透過縫隙的一角，高高低低地滲進來。

前窗是海，後窗是山。

烏雲大面積地移動，海呈現冷灰藍色。隨着風的湧動，海面佈下白色網狀的泡沫。浪濤吸住氣，將白色的泡沫慢慢往上拔，拔到不能自抑，抖動着匍匐到前邊的浪上。兩股浪匯集起來，似乎被一條看不見的杆子穿起，推向前、推向前，一路吸收了所有的浪，滾成幾百米長的一條白牆，高高豎起，再「嘩——」一下砸碎開來。

汁水飛濺，勺子攪和了一圈，付初抱着半個西瓜，邊挖邊吃。難得的颱風天，三人組決定都在家休息。

老付照例去給徐老送飯了，付初獨佔了大半個西瓜，想着邊吃邊看看有沒有媽媽的新郵件。他打開電腦，那就像是一片荒蕪的海灘，只有一兩塊閃閃發亮的石頭擱淺。

那「石頭」，就是媽媽的郵件。

小初：

此刻，十幾頭海豚在船右前方，幾百米遠的地方，為我們的船領路。

牠們犁開白浪，高高躍起，沒入湛藍。皮膚光滑而明潔，短吻和帶着微笑的眼睛閃着光，如同束束煙火，以深不可測的大海為天幕，搖曳生姿地綻放。

海豚的伴游，會被視作是海上旅行的好兆頭。然而實際上，牠們只是為了節省力氣——當船在航行時，就會形成一個壓力圈，也相應地形成波流，海豚只要順着波流游泳，就能大大節省體力。總之，這是船上的生物學家告訴我的。每當看到我們大呼小叫，他都會高冷地「哼」一聲。

這幾天可能不能那麼頻繁地給你發郵件了。颱風最近就像小狗一樣，緊緊咬着我們的大洋一號不放。不過，颱風並沒有阻礙我們前進的腳步。

船上的人們都在忙着互相認識——這次航行可是集合了十九家海洋研究單位的四十二名隊員，大家大部分是第一次湊在一起，就連船長在上船之前都不認識自己的副手、輪機長和水手們呢。

風浪搞得一批人躺在艙裏無法出門。他們多半第一次出海，一直在吃吃吃、吐吐吐，有人把膽汁都吐出來了。你不要以為躺在船艙裏會好一點，愈是吐得厲害，愈是要起來活動，只不過在顛簸中容易撞在冰冷的艙門上，我的身上可是青一片紫一片的……

船上的伙食非常好，保證每頓飯三葷三素一湯加飲料與水果，一個星期不重複——知道你爸爸的工作量有多大了吧?就連吐得走形的人也要吃得飽飽的，不然嘔吐會損傷胃黏膜的。

我們的飲用水是靠造水機把海水變成的淡水，有一股鹹味。其實青島的水也有一股鹹味，所以我在船上時喝牛奶比喝水還多。

說到牛奶，處理牛奶盒子可是我上船後學到的第一課。為了不污染海洋，塑膠垃圾都要單獨處理。牛奶盒要喝完剪開再沖洗乾淨收集起來，防止異味，等到回港後再統一回收。他們嫌麻煩，最後牛奶都是我來喝——真是正中下懷。

哎呀呀，仗着我不會暈船，一下子寫了這麼多。我們的上網時間有限，很快就要下線啦!

不知道你的少年潛航員考試怎麼樣了呢。

對了，颱風天千萬不可以去海邊!我想你應該知道大海發怒時的力量！

媽媽

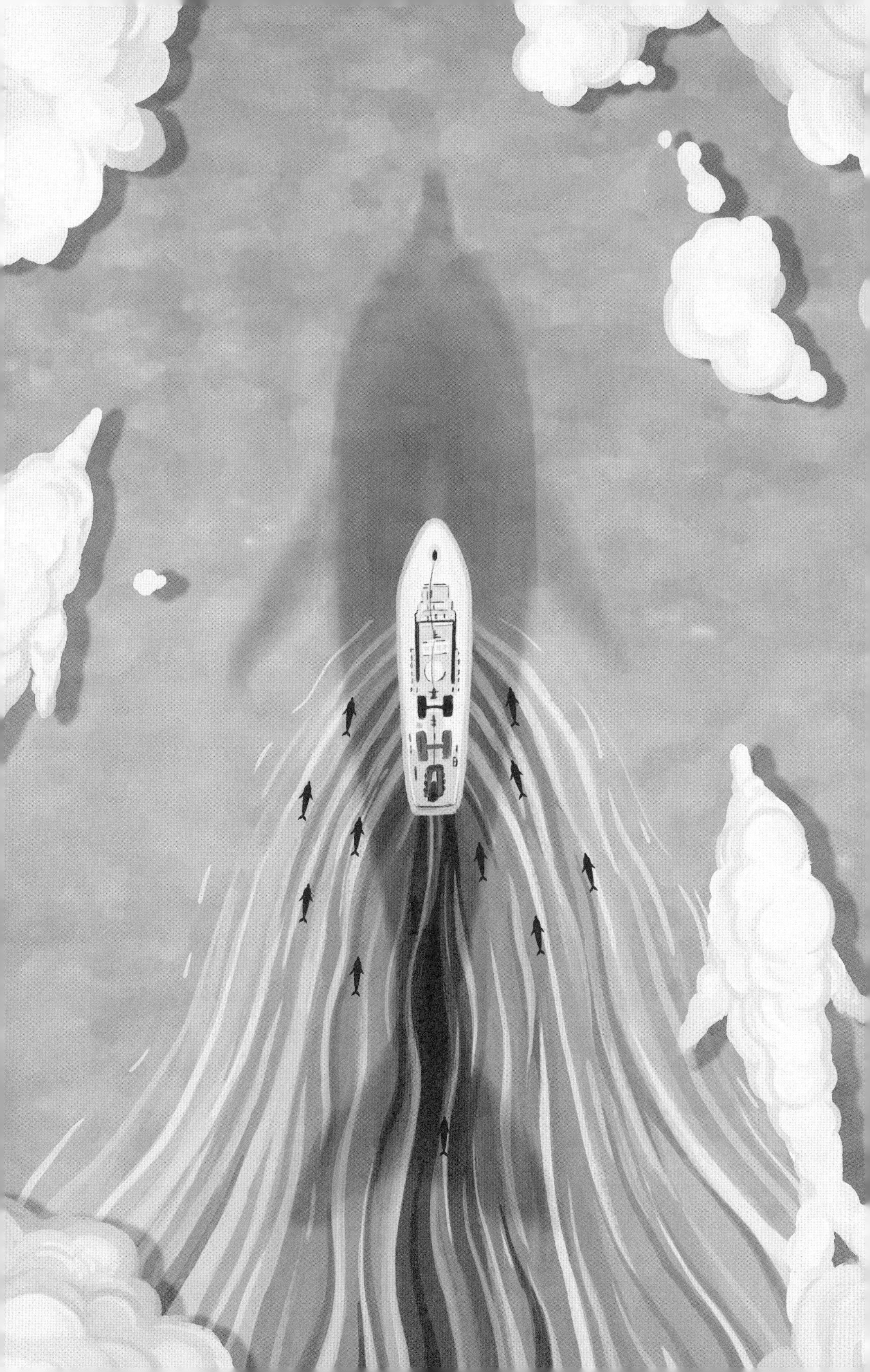

付初想了一會兒，打開回覆框，決定先從考試結果寫起……

梅蘭竹義無反顧地往前走。轉過蔓草叢生的小路，海浪磅礴的聲音便從叢叢綠意後透出。她加快了腳步。泥土被颱風帶來的暴雨浸得軟糯，土氣和水汽相互蒸騰。每走一步，海的味道都直撲過來：爬滿藤壺的礁石，海鷗啄食又遺棄的小魚，被沖上岸的馬尾藻，遺棄在坑窪裏漸漸蒸發的海水……

梅隆一直默默地跟在後邊，等看到她走到離大海只有幾步之遙時，他才出聲喊起來：「別下去……」

颱風讓浪瘋狂了不止十倍，侵略着每一寸原本屬於陸地的沙灘，帶着水沫的風如不可見的手，撕扯着頭髮。

「是這兒嗎?」

「應該是。」梅隆走過來，挨着梅蘭竹站立，「你親生父母的骨灰應該是撒在這一帶了。」

「我想下去看看。」

「今天不行！太危險了！」梅隆很堅決。

梅蘭竹坐在一塊石頭上，沙子「劈劈啪啪」地打在她臉上。即使在夜晚，海和天空的邊界也清晰可見，海暗沉、闊大，天空低垂、平滑，它們相接的地方，往往鑲嵌着船上明滅的燈。

她還隱約記得父母的模樣。五歲那年的大年三十，他們全家到奶奶家過年，後來她睡着了。再醒來時，這個世界上只剩下了她一個人。

後來的事情，她不願意去回憶，就像她也不願意叫五歲之前的名字。

梅隆是從居委會大媽那兒知道她的，他把她領進孤兒院，替她辦好了所有的入院手續，給她起了新的名字──梅蘭竹。由於梅隆特別喜歡「梅蘭竹菊」，便用前三個字做了她的名字。

進孤兒院後的前三個月，梅蘭竹一句話都不說，連一個笑容都沒有。所有人都拿她一籌莫展時，梅隆每天帶着她，沿着海岸線走了一遍又一遍。

「海的那一邊是甚麼?」梅蘭竹的視線到了天和海的交界處就無法再前進了，這總不會就是地球盡頭了吧?

「海那邊還是海！這個地球大部分地方都是海，應該叫『海球』才對。」

這個答案莫名地很讓梅蘭竹心安。

大海將地球覆蓋，海峽分割大陸，那麼是不是只要有大海的地方，哪裏都不會離得太遠?

「小竹，你別去參加剩下的考試了。」

「為甚麼啊?」

「那個男孩兒在干擾你啊!」

「我又不怕他！我要接着考！」

「你可以長大了再考嘛，以成年人的身份參加啊！那時候，我就管不着你了……」梅隆悻悻地說。

「你本來也管不着我!你又不是我爸！」

梅隆不吭聲了，梅蘭竹連忙捏了捏他的小拇指，這是他們之間表示道歉的小動作。

「你就不能，不能叫我一聲『爸爸』嗎?」梅隆低聲嘟囔。

這回，輪到梅蘭竹不吭聲了。

她抬起頭。金星在雲層中出沒，為船打信號的燈塔放出光柱，圓錐形的光柱吞沒了金星，又吐出來。

礁石硌着她，硌得生疼。

爸爸就是爸爸，是有血緣關係的!其他人，不能算！她想。

月亮也被吐出來了，掉進海的沼澤，銀芒四射。他們望着同一片閃光的地方，發起呆來。

這幾天老付心情不錯，因為深海基地公佈了進入複選的少年潛航員名單。付初、唐冉和沈魚都入選了，謝蒙卻被淘汰了。

複選就在明天，他買了一斤青蝦，半斤給徐老送去了，半斤煮了給付初吃。

「嗨，沒想到你真能進複選，我本來對你沒抱甚麼希望，結果你還真行！」

付初哼一聲，慢慢剝蝦，蝦頭和蝦皮成了一小堆，老付拿筷子戳了戳，「這麼好的鈣質，你不吃嗎？」

「不吃！」

「我不在家，你真是讓你媽給慣壞了！兒子，等複試結束，再去看看徐爺爺吧，他老唸叨你們幾個呢。」

「可以啊，不過我想跟你商量個事兒。」

付初把唐冉家無人機的來龍去脈，和梅蘭竹偷錄、偷拍「蛟龍號」相關信息的事都說了，然後問：「你能幫我問問，這算不算間諜嗎？」

可沒想到，老付卻覺得他是在嫉妒競爭者，還告訴他不要瞎想，要尊重自己的對手。幾句就把付初堵得無話可說。

複試的人選只有五十人。由於人數少，這次已經不再區分成年組和青少年組，大家都混在一起。經歷了第一次的考試後，大部分人已經互相認識。他們打過招呼後，便三三兩兩等候在體育館外。

複試的考官是付雲濤和唐佳霖，他們給每個人發了號碼牌，說是方便一會兒分組測試用的。

付初和沈魚拿到了自己的號碼牌，大約是因為當初緊挨在一起報名，付初是20號，沈魚是19號，而唐冉是17號。原來謝蒙應該是那個18號，但是他被淘汰了，現在的18號是個個子不高的男孩，他眉毛如同兩座空筆架，戴着一副不停往下滑的碩大眼鏡，如同一隻眼鏡猴。

「不知道梅蘭竹有沒有得到複試通知。」沈魚捏着號碼牌嘟囔，「唉，1和9都不是我的幸運數字，好想換一個號碼牌……」

「我跟你換。」

梅蘭竹突然出現在沈魚面前，「你的幸運數字是幾?」

沈魚看了看兩手空空的梅蘭竹，「你的牌呢?」

「我還沒拿號碼牌呢，你喜歡甚麼數字，我就去要甚麼數字嘛。反正還有很多考生沒來，號碼牌多得是。」

「居然可以自己去要?我都沒想到!我的幸運數字是6。」

過了十幾秒，梅蘭竹回來了，拋給沈魚一個6號的號碼牌。

「哇，你是怎麼要到的?」

「實話實說，就說這是我的幸運數字，就行啦！」

沈魚忙不迭地道謝，梅蘭竹笑了笑，沒再說話，只是滿腹心事地盯着付雲濤手中的東西。

付雲濤握着五十根黑布條，開始講考試規則：「大家先用黑布將眼睛蒙起來，然後聽從指令。」

哪想到，蒙上眼睛後整整五分鐘，房間裏沒有任何指示。

付初心裏飛速地假想着即將發生的事情，這是出了意外，還是考試項目之一呢?

唐冉的眼前游過一叢又一叢的魚，牠們成羣結隊，在這漆黑的海底閃露着光點，卻不見輪廓，引得他忍不住要伸手去觸摸。

沈魚想把那道黑布撩開一點點，但一隻涼涼的手抓住了她，「我怕，我怕黑……讓我抓一會兒。」那聲音像是從扭曲的管道裏爬出來的，不知道是誰。

梅蘭竹覺得自己彷彿被推進了一個剛好容納她的微型房間裏。在這想像的世界中，她睜開眼，房頂向她壓下來，她急忙閉上眼，牆壁又擠壓她的四肢。她的背抵着地面，想要後退，卻退無可退。

突然，那房頂被掀起一塊，爸爸從洞外向這裏張望。爸爸不是梅隆，是那個在她五歲時就去世的親生爸爸。只見爸爸向她招了招手，可是那個破洞只能容納一隻拳頭，她出不去……

就在這一瞬間，房間的牆壁轟然塌陷，意外的是，磚塊沒有落到她的臉上。

有人拍了拍她，「你，出列，往前走。」

梅蘭竹感覺自己的一部分還殘留在剛才的幻覺中，有些恍惚，但還是依照命令往前走。她被引到一個地方站住了，有人往她手裏塞了樣東西，摸起來像是粗大的麻繩，有嬰兒的小手臂那麼粗。

「你們現在被分為十人一組，手中是一根麻繩，你們可以用任何辦法將它圍繞成邊長最長的方形，但不能夠摘下眼罩。」這是唐佳霖的聲音，「時間是一個小時，現在開始吧。」

站在梅蘭竹身旁的人用手指捅了捅她，「甚麼叫邊長最長的方形?我怎麼聽不明白?」

有人說:「繞正方形還不容易嗎?我們十個人站在四角扯着繩子就可以了。」

「這道題有問題，『邊長最長』四個字一定別有用意。」梅蘭竹用手摸索着粗糲的繩子，「這繩子上打了結，總得把結打開吧?」

「解開繩子會浪費時間的！這是不是考官留下的陷阱，故意讓我們浪費時間呢?」又有人說。

「那只能選出一個領導者了，整個組聽領導者的。是不是陷阱，由領導者來決定。」梅蘭竹果斷地說，她站到圈中央，「同意選出領導者的，向前跨一步。」

「我知道了，這一關的意圖應該是考察在有分歧的情況下，大家的心理狀態。」有個聲音響起來，梅蘭竹聽出那是付初。

梅蘭竹反脣相譏:「你甚麼時候這麼愛接我的話頭了?」

「我才不是接你話頭！是你搶着說了我要說的話！」顯然付初也認出了梅蘭竹的聲音。

一直沉默的唐冉覺察到這火藥味，不禁歎了口氣，「既然是一個組的，不管你們之前有甚麼過節，是不是應該學着和解？我剛才想了一下，選領導者的確是個好辦法，我同意。」說着，他向前跨了一步，和梅蘭竹站在了一起。

付初心裏罵唐冉是叛徒。如果能摘下眼罩，唐冉就會看到他此刻的眼神像火柴一樣，在人身上劃一下就要燒起來。

「我棄權。」付初說。

沈魚跨出一步，對着梅蘭竹的方向說：「我站你。」又回頭對着付初的方向說，「我總得謝謝人家給我換了幸運號碼牌啊！」

唐佳霖和付雲濤在監視器中看着這一切，他們兩個人盯着五組人，有點兒忙不過來。

「濤哥你看，雖然他們都還是孩子，但和成年人一樣，一旦考官不在場，大家各自的反應就更真實。」唐佳霖說。

「是啊，雖然是一個團隊，但有人推諉責任，有人想當領導。摸到繩子打結，有人明明知道卻不提出來。」

「我這邊有人提出了，但別人一反對就猶豫了。這就如同潛水器出現了安全隱患，一旦需要集體決策，有的人就會自亂陣腳。」

「是啊，所以我們這一關考核的實際上是協作力，一條繩子就能見人心啊！」

唐佳霖留意到屏幕上梅蘭竹那一組的隊形出現了變化，半數以上的人認可梅蘭竹做領導者。她很快就決定解開繩子上的疙瘩，把繩子抻直後，一人一角排成了個方形。

時針和秒針走到了一起，付雲濤和唐佳霖走出來宣佈時間到。大家解開眼罩，唐冉看到付雲濤端着一個保温杯，對着他們組做了一個舉杯慶祝的動作，然後細細抿了一口茶。

付初還在發愣，他根本不相信竟然是「小偷」帶領大家走向了勝利。這勝利瞬間打了對折，變得不那麼可貴了。

一考完，梅隆就把梅蘭竹接走了。沈魚踮腳看着她的背影，說：「為甚麼不讓她入我們的夥？我現在有點喜歡她了。託她給我換的幸運號碼的福，今天的考試很順利。」

她捏着號碼牌，對於這個提議她一半是認真，但還有一半是憂慮——對於即將失去團隊裏唯一女生地位的憂慮。

「她未必答應。別看她看起來和氣，其實就像一堵牆，沒有門和窗的牆。」

唐冉說着，停下來。遠處雷鼓陣陣，烏雲穿行。

他們站在一張巨大的蛛網下，樹木經了水汽，躥出濃烈的氣味兒。下雨了。

好一陣子都沒有媽媽的郵件，付初打算寫一封給她，寫那些考試裏發生的事。寫寫排完繩子後，他們的那場筆試。

筆試的題目千奇百怪：甚麼是潮甚麼是汐？「太平洋」這個名字是誰起的？我國大陸地區有哪幾個彼此瀕臨的海域？然後是一堆貝類的圖片，讓給它們寫上名字——這個唐冉一定最拿手。

付初不知道潮和汐的區別是甚麼，但隱約記得「太平洋」這個名字是麥哲倫起的。我國彼此瀕臨的海域是渤海、黃海、東海、南海……貝類裏他只認識扇貝和鮑魚的殼。他忍不住抬頭看一眼唐冉，卻發現不少人在偷偷摸出手機搜索。結果這場考試結束前，有一小半的人被「請」出了考場。

付初看到梅蘭竹一邊答題一邊轉筆，顯得漫不經心。他沒有因為老付的不上心而掉以輕心，又用了各種辦法側面去跟付雲濤和唐佳霖叔叔打聽梅蘭竹的事，但他們的嘴巴比上鎖的門還嚴實，一再跟他強調學員的檔案和成績暫時都是保密的。

筆試的第二天是一些常規的體檢：身高、體重、視力、聽力，以及心肺功能，還有一堆奇怪的檢查，比如是否對氧氣敏感，是否身上有異味，需要做的只是穿鞋、脫鞋，抬手、放手，轉身，再轉身。

抽血的時候付初故意排在梅蘭竹前邊，趁機問：「你為甚麼要偷我的東西?」

「我沒偷啊！我只是從你手上拿回了梅隆買的無人機。」

「那個無人機是你爸送唐冉的，後來又被他送給了我。但你是怎麼知道這事兒的?」

「哦，那可真是巧合。我知道無人機被我爸送給了唐冉爸，就偷偷摸到唐冉家想要回來，結果撞見你拿走了它。我就一路跟到車站，用了點兒辦法物歸原主。」

「送給別人的東西就是別人的了，想要回去，難道不知道用禮貌的辦法?」

「甚麼是禮貌的辦法?」

「禮尚往來。」

「在考試裏幫你們獲勝算不算?」

「這怎麼能算!」付初瞪眼抻眉，「那你後來拍下蛙人考試，偷錄徐老病房聲音算怎麼回事?」

「到你抽血了。」梅蘭竹轉移了話題。

可是等他抽完血，梅蘭竹已經不見了。只有沈魚在跟謝蒙大聲講電話：「我簡直想不出他們還有甚麼可查的了……連有沒有腳氣都要查呢！嗯，是吧，有腳臭的話在潛水器那種封閉空間裏的確挺要命的。據說這一次要篩掉三十個人！保佑我們『腹瀉魚』吧！」

至於梅蘭竹，有人看到她匆匆體檢完，跟着梅隆走了。唐冉說得對，她是一堵沒有窗子和門的牆——每當你撬開一條縫，它都會找到辦法自動癒合的牆。

即使再不情願，開學的日子還是如期而至。

整個暑假的後半段，付初都在等「小升初」電腦派位的消息。去哪裏上初中這種人生大事，交給電腦幾秒鐘就決定了，自己只需要坐在家裏等結果「叭嗒」一聲掉下來就可以。

聽天由命的結果還不錯，「腹瀉魚」全體成員竟然被分到了同一所學校，而且依然是一所海洋特色學校。梅蘭竹會在哪所學校呢?付初一遍遍地想。

複試的結果幾乎是踩着開學的鈴聲下達的，新的班主任是個大學畢業生，走起路來還蹦蹦跳跳的。

第一堂課是自我介紹，名字、愛好、夢想、未來，這些聽起來最俗氣的字眼最有力量。付初說了少年潛航員的考試，也說了「腹瀉魚」和唐冉的事。

有人似乎不感興趣，急急地打斷他：「如果你沒有通過考試怎麼辦?還會這麼興致昂揚嗎?」

「如果能夠通過自然最好，可即使不能通過，這個過程裏的點點滴滴也會留在心底。所學到的一切，所獲得的友誼，這些都無關輸贏。」

「哼，說得漂亮。等你真的失敗了，看看還能不能說得出這種大話。」

付初不喜歡他那種一臉不屑的樣子。到底是為甚麼，身為同齡人的他們，面目如此不同?那些美好的閃着光的詞彙，看似老生常談，可就像裝點夜空的星星，閃耀在付初的瞳孔和心中。

沒有夢想的人總是如此「現實」。他甚至渴望立刻失敗一下，用事實堵上那張令人討厭的嘴。可巧的是，當天晚上老付就拿來了定選通知書。

定選，是過了複試後，第三場考試的名稱。這是最後，也是最關鍵的一場考試。

沒想到，這次沒有通過複試的，是沈魚。

「我明明覺得考得不錯啊！好奇怪啊，考官是不是搞錯了！」她拽着謝蒙抱怨。

「你的『不錯』是不是誤差有點兒大啊……」

「你是體檢結果沒過。」老付說他去打聽過了，沈魚視力不達標，還有點兒貧血，考官認為下海有風險，就篩掉了。

三人組竟然損兵折將，沈魚直嘟囔是名字起得不夠好，謝蒙則提議讓唐冉加入進來，可是唐冉卻拒絕了。他說家裏又有一個剛開張的餛飩鋪，他現在就像守着一張消耗時間的巨口。

「你不要再為家裏的事操心啦！你應該去重新參加高考啦！」付初在電話裏對他說，「不要把希望放到我身上，我才上初一，高考還早着呢。你那麼喜歡大海，為甚麼不考家門口的海洋大學呢？」

「我？我都輟學一兩年了，還行嗎？」唐冉猶豫了。

「行！行！你最行了！」謝蒙和沈魚也在一旁大叫。

「但如果我考上了潛航員，時間上就衝突了啊！我沒法又做下潛培訓，又去讀書啊！」

想了想，他又自嘲地說：「說得就跟我一定能考上似的。我還是先參加完定選再說吧。」

直到定選那一天來臨，付初才又見到唐冉。也許是太在乎，他顯得異乎尋常地緊張。

「放寬心，考甚麼我們沒見識過？沒甚麼大不了。」付初給他鼓勁。

唐冉虛弱地笑了笑，眼下濃重的陰影顯示他最近睡得不好。定選共有二十個人，付初找了又找，裏邊卻沒有梅蘭竹。

大家一個接一個爬上船，那是一艘通體雪白的大船。船上塗有紅藍相間條紋和一個徽章，高高翹起的船頭上寫着「中國海警」的字樣。

「這艘船……」唐冉喃喃低語，眼神閃動。

「怎麼了？」付初上下看看，沒覺得有甚麼異常。

「沒事，只是感慨一下，這艘海警船是50噸的，為了我們這二十個人的考試，已經算是海警的大出動了。這可是去過南海執法的船呢！」

「可怎麼能看出來這是50噸的船呢？」

「你看看，船上的編號寫着呢。」

「1550？最後兩位數是噸數嗎？」

「不是，是看第二位。我們國家的海警船採用的是四位或五位數編號，第一位或第一二位表示所屬海區，1為北海、2為東海、3為南海，第二位或第三位表示排水量級別，第三四位或第四五位是船隻的編號或以前的編號。比如這艘，1代表隸屬於北海總隊，5代表50噸級，50代表船原來的編號是『海監50』。」

「哇！你怎麼知道得這麼清楚?」

「這些都是以前我爸告訴我的……看來今天的考試是一場海試。」

直到即將放下舢板，梅蘭竹才匆匆跑上船。她一身雪白，像是飄落至海面上的一小片雪花。

「你怎麼才來?」考官葉林責怪道。

她淺淺一笑，費力地擎起隨身帶着的一隻保溫瓶，「我在家裏煮奶茶。」

唐冉幫她接過那隻看起來不大的保溫瓶，意外地竟有沉甸甸的手感，「居然為這種小事耽誤考試?」

「這不是小事！」她鄭重地說道。

葉林提醒他們：「安靜地坐好，我們要去考場了。」

梅蘭竹找到一個位置坐下來，又注意到付初和唐冉，激動地蹦過來要求他們倆照應她。她四下張望，沒有看到沈魚，遺憾地搖了搖頭，「那個幸運號碼牌沒給她帶來幸運嗎?好可惜！」

「兔死狐悲！」付初奚落道。

突然，船身猛地打晃，所有人都像一筐核桃似的，跳了起來。

「船到哪兒了？怎麼這麼晃？」

三副一邊在駕駛台瞭望，一邊說：「我們到膠州灣海域了，現在海況較差……」

有人指着遠處蒼茫的海面，說：「看那裏的烏雲，一定有風暴要來……」

三副暗暗心想，風暴算甚麼，它在這場考試中只是佐料。

船行駛了三十分鐘後，漸漸到達測試海域。

海面落下暴烈的雨點，彷彿沸騰的油鍋。水花亢奮，濁浪排空，引擎回應着節拍，船加速行駛了一段後，突然一個大轉彎。

參加考試的學員們立刻出了問題，有人撲到船邊嘔吐不止，連話都說不出來；有人在甲板上無法站立，在船艙內更坐不住。巨大的船變成了不倒翁，船員們卻面無表情，他們各司其職，雷厲風行，完全不受影響，腿像生了根一般立在甲板上。

在船開始搖晃的時候，梅蘭竹就拉住了付初，而付初則死死把住船上的一個扶手。他們兩個雙腳分開，手和身體也不能移動分毫，否則就再也無法維持平衡。

唐冉則在船上奔走，宛如一隻在樹梢跳躍的長臂猿，時不時給暈船的考生遞上塑膠袋，或者挪動已經昏昏欲睡、行動遲緩的考生，他們隨着船身的每一次晃動都有可能碰到東西，磕得頭破血流。

梅蘭竹大聲喊：「唐冉，去拿我的保溫瓶——保溫瓶——」

付初大聲抱怨：「都甚麼時候了，還想着你的奶茶！」

「我說過了，那些奶茶很重要。咦，你有沒有發現，唐冉很適應海上生活啊！」

「他可是曾經去特地訓練，克服過暈船的。你的頭腦還這麼清楚，看起來也沒暈船啊！」

「彼此彼此！我認為，考官是故意挑這個天氣測試的，畢竟不暈船也是潛航員的基本要求。」

這時，唐冉努力抱住那個保溫瓶遞過來，一伸手，船又晃動起來，他不得不找個地方站穩。

一個結實的男孩兩腿打着哆嗦，倒在角落裏，曬得黝黑的臉龐變得蒼白。梅蘭竹和付初互換了眼色，拉着彼此在甲板上一步一步挪動，每一步都像在顛簸的過山車上直立行走。最後，他們終於摸到男孩身邊。付初扶住男孩，梅蘭竹則讓唐冉擰開保溫瓶。瓶蓋翻過來就是一個杯子，保溫瓶裏倒出琥珀色的茶湯。

「這看起來不像是奶茶啊。」付初聞了聞，「怎麼還有點兒酸？」

「這是酸話梅泡水，裏邊還加了山楂、檸檬片、蘋果醋。暈船的人喝這個，可以稍微緩解一下。」

「你早就做好準備了?你怎麼知道今天考海試?你是不是又通過甚麼間諜手段搞到的消息?」付初怒了。

身旁的男孩臉色一變，努力壓抑着不適感，但還是沒成功，吐了一地。身邊幾個人原本好不容易忍住了不適感，這下一看到泛着酸臭味道的嘔吐物，也紛紛吐了起來。

梅蘭竹唱起了歌，調子在駭人的浪上跳躍。漸漸地，其他人的聲部加入進來。彷彿濕潤、温婉的花朵在甲板上搖曳，身體也慢慢變得透明，消失在其中似的，那些漾上喉嚨的膽汁和身體的疼痛暫時被忘卻了。

「唱歌的確可以遏制暈船，把注意力轉移掉，就不會那麼難受了。」唐冉驚喜地四下望着，「大家都唱起來吧。」

付初察覺自己似乎又錯怪了人，有些不好意思，就一言不發，站起來向船外張望。只見方才盤踞的烏黑雲團正快速移動，雲朵磕碰之間，露出金黃的亮光。水波在船尾激蕩，船離岸的距離一寸寸縮短。

付初大喜，連忙喊道:「我們的船在往回走了!」

他眼尖，又瞅到救護車停在碼頭上，心裏的一塊石頭落了地，「我們把吐了的人移動到艙門邊來吧，一會兒上車方便。」船剛一靠岸，護士們就用擔架把暈船的考生們送上車。

葉林清點了一下通過者，「剩下的十個人去下一個考場吧。」

「啊！」大家發出不知是驚呼還是慘叫的喊聲，「還……還考啊？」

夏季在波動
如同一小段回憶
由溫度、濕度和時間決定

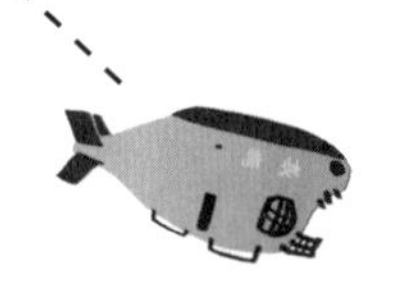

第七章

夏的後半段

新的考試地點是海邊的醫院。被帶到考場時，大家都驚呆了：眼前是半圓形的白色球體，光可鑒人，像是一座還未完工的小型太空堡壘。

「這是甚麼玩意兒?」

「好像孵小雞的。」大家圍着那座「城堡」轉來轉去，只有唐冉巋然不動，「那是高壓氧艙，我爸頭暈時在裏邊治療過。」

葉林笑瞇瞇地做了個「有請」的手勢，「請進吧，各位。我們這次考試時長是一個小時。」

大家每人領了一頂純棉的工作帽，便鑽進艙門，如同走進了哈比人的小屋，兩排座位面對面佔據了艙內不大的空間。大家坐下不久，艙門「砰」的一聲關上了。

護理人員一邊操作設備，一邊問葉林：「我現在要給他們加壓了，為甚麼要測試這個啊?」

「潛航員這項職業非常特殊。在海底，潛水器就像他們所在的高壓氧艙一樣，密封、高壓、氧氣飽和度高，如果出現了醉氧，那就麻煩了。所以這一關是極其必要的。」

等了不多時，艙內傳來輕微的，如同布帛破裂的聲音。

「這石(是)甚麼省(聲)音？」付初支起耳朵。

「石(是)假(加)壓的聲音。」唐冉說。

他倆的聲音，在這高壓氧艙裏聽起來特別奇怪。梅蘭竹一直抱着自己的保温瓶，不知道是不是產生了錯覺，突然，她發現保温瓶在懷中縮小。她下意識地摸了摸自己，還好，自己哪兒都沒有變小。

過了一會兒，她又感覺到掌心被塑膠水壺頂開，水壺的體積正在擴張，就像是在呼吸。她突然發現自己掌握了這個高壓氧艙的祕密：隨着加壓，塑膠會變形，減壓後又會變回去。多麼奇妙，原來物體的大小、形狀從來都不固定，全看環境如何去塑造它，連聲音都是。

葉林接起一個電話，匆匆走了出去。護士戴上耳機，想聽聽大家在艙內說些甚麼。她驚訝地發現，他們好像在裏邊講笑話呢！

是梅蘭竹提議講笑話的，很快大家就一個接一個講起自己能想起的任何笑話。高飽和的氧氣和異於艙外的壓力，把所有人的聲音都弄得怪裏怪氣。每一個笑話，無論好不好笑，都會讓大家開心好一陣子。他們把自己的聲音變成了玩具，盡情地把玩。

大家分坐成兩排，一模一樣的灰帽子使他們看起來像是同一根電線上的燈泡。簡直是鬼使神差，護士覺得那些笑聲好像能讓他們發光，自己也跟着一起笑了起來。

葉林掛了電話回來時，護士突然捕捉到了若有似無的歌聲，她把耳機給他戴上，「聽，他們在艙內唱歌呢！」

梅蘭竹哼起了一段跳躍的旋律，這旋律彷彿會洗腦，大家也一起跟着哼唱起來。

「這歌有點兒耳熟啊……」葉林邊聽邊嘟囔。

測試結束，大家出艙。摘下帽子時，梅蘭竹看到護士正不緊不慢地記錄：經由氧敏感測試，被試者在高壓氧艙吸氧三十分鐘，無一人出現抽搐、痙攣、心律不齊等氧過敏症狀。

付初走過來碰了碰梅蘭竹，「你剛才唱的是甚麼歌？挺好聽的。」

「《藍精靈之歌》。」

「那不是上輩子流行的歌嗎？」

「那你還不是唱得起勁！」

葉林看了下表，「給你們半小時時間，在附近解決吃飯，然後開始下一輪幽閉測試。」

大家匆忙扒了幾口飯，便趕回去參加測試。幽閉測試是一場時間可長可短的考試，主要是為了看考生是否有幽閉恐懼症。在幾千米的深海下，有幽閉恐懼症的人在潛水器中可能暈厥，從而導致重大事故。

他們被帶往一排木頭搭建的小屋。原木色，榫卯結構，門是一個圓形的洞，要像蠕蟲一樣爬進去。從外邊向裏看，空間不過兩三平方米，漆黑如沉默。

護士給每個人佩戴心電測試儀，有人問甚麼時候能出來，葉林不答，只說在裏邊不能睡着。

十個人各自拱進十間小屋，彷彿蛾子重新回到繭子裏。梅蘭竹磨磨蹭蹭，是最後進去的，就像是一個馬拉松高手在衝刺前卻裹足不前。她一爬進小屋，就感到窒息。人在這裏邊幾乎不能動彈，像是擠在一缸堆滿衣服的洗衣機裏。屋頂上有一個小紅點，那應該就是攝像頭了。

葉林凝視着十個屏幕和十個人，有人一進屋就打坐，有人在牆壁上用手指亂寫亂畫，還有人枕着胳膊假寐。

「監測一個小時，心率沒變化的就放出來。」他吩咐護士。

「那心率有變化的呢？」

「那就繼續監測，直到恢復穩定。」

「現在就有一個心率有變化的，那個叫梅蘭竹的女孩。」護士指了指屏幕。

「記錄下來。」葉林的手機又響了，他指指手機，出去接電話了。

一個多小時後，付初和唐冉相繼出了小木屋，已經有不少人在外邊了。

「你在裏邊幹甚麼了？我給自己做了一套按摩。」付初問唐冉。

「我……一直在默背以前學過的課文。」唐冉接着問付初，「見到梅蘭竹了嗎？」

護士聽到他們的談話，指指屏幕，說：「你們在說她嗎？她出了點問題，被延長測試時間了。」

好幾個人湊過來，「她每項考試的成績都很好，怎麼會獨獨栽在這裏？」

「也許是睡着了，我們可以想點兒辦法叫醒她。」唐冉提議。

「她分數已經那麼高了，才不要幫她呢！」大部分人說着散了。

唐冉看了一眼護士的監視儀，猜測着：「她是不是怕黑啊？她的心率這麼不穩，所以才被延長測試了吧？」

「怕黑？怕黑還來考潛航員？」

「我們得幫幫她。」唐冉敲了敲小屋的門，「她可能是在做噩夢……我們可以敲敲屋門，把她叫醒。」

有人敲門。

梅蘭竹一進入小屋，就感覺到四壁開始向內緊縮，呼吸出的氣似乎可以循着原路回到她的肺裏。她覺得天花板要砸到臉上了。突然，她聽到沸水翻滾的聲音，還有人敲響了這座小木屋的門。會是誰呢?她正在考試啊，是誰這麼討厭?

她怒氣沖沖地推開那個圓形的門，不由得愣住了……

爸爸媽媽、爺爺奶奶團團圍坐在一起包餃子。玻璃窗上的霧氣結了霜，霜花在垂暮時醒來，向黎明生長，把小屋封了個嚴實，彷彿正裹挾着小屋和屋子裏的人一起向春天漂移。

那年她五歲，小鎮的冬天沒有暖氣，她把手放在煙囪上取暖。一截漆黑的舊煙囪，一截嶄新的銀煙囪，接口處用鐵絲擰住。每個大年三十，他們都是這樣圍坐在一起。可是這個夜晚不一樣，還沒等到吃晚飯，她就睡着了。

第二天，竟然沒有人出來拜年。鄰居察覺出異常，撬開門，把她的家人都帶到了醫院。是煤氣中毒，他們開着煤氣煮水，想着一會兒水開了好下餃子。可是霜花堵住了冷氣，也堵住了空氣，屋子悶得像個鐵皮罐子。也許因為她小，呼吸的一氧化碳最少，只有她一個人醒來了。她凝視着病房，腦中一片空白。她對於死亡沒有甚麼感覺，當別人哭哭啼啼，往她手中塞各種玩意，她甚至不知道自己該做甚麼，該拿甚麼表情去面對。

她懸浮在這樁事故之上，把它鋪在床墊下、枕頭下，日夜聽聞，安然長大。她幾乎不曾感到悲傷，因為生活總是筆直向前，一切停留、咀嚼的行為都來不及發生。只是落下了一樣病根，那就是怕黑。她需要一盞燈做盔甲，穿上才能入睡，否則她就會夜復一夜地回到那個除夕，在夢中傷得體無完膚。

當她看到全家人圍坐在一起時，就知道自己又墜入那個噩夢裏了。在那個夢裏，家人們一直在吃飯，吃完了她就會失去他們。

「我要離開這裏！我必須醒過來！」梅蘭竹對自己說。

可是水沸騰的聲音，煤氣的味道，都是真實的，家人的臉龐也都是溫熱的，離開這個夢比在黑暗中入睡還需要勇氣。

敲門聲再度響起，一次比一次急促。

唐冉搖了搖頭，「敲門似乎沒用，她會不會在裏邊出事了?能不能找護士進去看看?」

「可是，那樣會影響她的成績吧?」付初心事重重。

這時葉林接完電話回來了，見考完的學員三三兩兩站着，便讓他們回去等消息。接着，他去護士那兒看了記錄，發現只有梅蘭竹還沒結束考試。

「這個考生怎麼還沒出來?」他指着梅蘭竹的監控屏幕問。

「她的心率一直無法平穩下來……」

「那讓她終止測試吧。這樣下去，對考生的健康也無益。」

在一旁的唐冉和付初聽說要終止梅蘭竹的測試，嚇了一跳。

「這可怎麼辦？她成績那麼好，考到這兒被終止太可惜了！」唐冉緊緊盯着屏幕，不知道怎麼才能幫上忙。

付初突然想到了一個人，「其實，也不是沒辦法……」

「甚麼辦法？說啊！」

過了一會兒，付初才猶猶豫豫地回答：「我還在糾結到底要不要幫她……畢竟還沒調查清楚她是不是間諜呢。」

「甚麼間諜不間諜的，你電影看多了吧？有甚麼辦法？快說快說！」付初把頭湊過來，和唐冉嘀咕了一陣子，兩人便從側門溜走了。

葉林掐着表，又過去了十多分鐘，梅蘭竹的心率還不穩定。

雖然他很想多給她點兒機會，但考生的健康更重要。

他咬咬牙，下定決心，「別考了，讓她出來吧。」

護士正要打開小木屋，突然傳來一聲大喝：「不許開門！」

眾人看去，只見付初和唐冉扶着徐老，從走廊那頭過來。

葉林連忙迎上前去，「您怎麼來了？」見旁人一臉茫然，他便介紹道，「這位是『蛟龍號』總設計師，也是我的師傅。您不是在這家醫院調養身體嗎？怎麼把您都給驚動了啊？」

「聽說這羣孩子在考試，我就過來看看，給他們打打氣。」

「您還是回去休息吧。這兒有我呢！」

「艙裏那個女孩子，還有多久結束考試?」

「她必須在黑暗中獨自待滿兩個小時，這是由於她的心率不穩，延長了測試時間。別人都一個小時就結束了。」

「讓她考吧，我陪着她考。」

「徐老，您認識她?」葉林問。

「以前她老過來陪我說話的。」徐老擺了擺手，「我在這兒坐着守着，你們去忙吧。」

「徐老，剛才這孩子所在的孤兒院來電話，說有對北京來的夫妻想要收養她，希望她能早點回去見一面呢。」

「我當是甚麼大不了的事，讓那對夫妻再等等。我陪她考完，親自把她送過去賠不是。」

梅蘭竹推開小木屋的門時，離日落還有幾分鐘。她的胃空落落的，導致她的手腳像冬天的海水那麼涼。透過玻璃窗，海彷彿變成一塊藍色果凍，她忍不住想舔一下窗子。

值班的護士已經換過一班，徐老卻真的留下來了，倚在那把特地搬來的單人沙發中。這間測試小屋人聲寂寂，只有儀器發出的嗡嗡聲。

徐老正在小寐，聽到響聲睜開眼，和梅蘭竹相對視了一會兒，「小姑娘，初次見面，幸會啊！」

付初和唐冉從外邊買水回來，聽到這話驚叫出聲：「您第一次見她?可是剛才我們去找您，您說知道她啊……」

「我的確知道她，但沒有親眼見過她。實際上有人在病房錄音這事，我早就知道。不過，我說的那些根本不是機密，只是科學知識，而科學是公開的，任何人都可以來聽。」徐老對梅蘭竹微笑，「下一次你可以光明正大地走進來，不用偷偷摸摸。」

等在一旁的付初急了，「徐老，您知道還讓她在病房外頭錄音?」

「我故意說給她聽，讓她錄的。為的是有一天，她能光明正大走進來，跟我討論『蛟龍號』的事。有夢想的孩子，有時需要幫上一把。」

「這麼說，錄音沒事?」

「能有甚麼事啊?我說的那些都是『蛟龍號』的公開資料，巴不得知道的人多點呢。」

護士埋頭記錄，在報告下角簽上自己的名字後，抬頭呼出一口氣，「她的心率在後期完全平穩了下來，不管甚麼原因使她開始測試時體徵紊亂，她都靠自己克服了。但關於她是否能做潛航員，只能綜合考慮了……」

葉林接過報告掃了一眼，「這是最後一場考試，收工。」

付初和唐冉把這兩小時內發生的事一來二去講給梅蘭竹聽，關於養父母的部分她聽得最仔細。

葉林走過來，招呼着梅蘭竹，「走吧，我送你到孤兒院去。他們應該還等着見你呢。」

「梅隆沒來嗎?」梅蘭竹環視四周，見沒有人來接，有點奇怪。

「梅隆啊，他在陪着你養父母辦手續呢。辦好了手續，你就可以去新家了。聽說你新家還挺好，在北京呢。你這孩子，有福啊！」

梅蘭竹沒再說話，抱起放在窗台上的保溫瓶，轉身離開。

「等等！你……你去哪兒?」葉林問。

「出去轉轉。」

「別啊，孤兒院那邊我可怎麼交代啊！」

梅蘭竹的眼中閃過一絲光，「我才不要去甚麼新家！我就要待在這兒，哪兒也不去！」

「為甚麼啊?孤兒院有甚麼好?」

「可是北京又有甚麼好?又沒有『蛟龍號』，又沒有大海！」

「為甚麼你那麼想要當潛航員?通過考試來看，你有幽閉恐懼症，這樣怎麼駕駛潛水器?」葉林溫和而嚴肅地問道。

許久，梅蘭竹緩緩回答:「那不是幽閉恐懼症，那只是怕黑。」

「可怕黑就更不能駕駛潛水器了。深海裏一絲光都沒有，為了節約電能，一般都是深潛到海底，坐底時才開燈。你應該知道啊！」

梅蘭竹沉默了，再沒說甚麼，就走出了測試房。

夏日的後半段，日子的針線彷彿是由雨構成的。

梅蘭竹走出考場才發現下雨了，她靠着直覺行走，拐上一條綠化帶的矮牆。為了迎接旅遊季，這些矮牆被延伸了，與海岸線連接在一起。聽說這樣是為了讓行駛在馬路上的司機不會分心看海景，可浪濤聲是擋不住的，那些聲音是海藻綠色的，一進入矮牆，就彼此擠壓、挪動，最後融合在一起，不分你我。

直到停下，她才模模糊糊想起這是哪裏——是被撒下了家人骨灰的海。可是，海怎麼能夠均勻地分出這裏和那裏呢？海和進入海裏的一切東西，只會混淆在一起，拚接成一塊。

那麼以後是不是每一滴海水都是她的家人？每一條魚都游向她的血脈？那麼是不是每一片在礁石上被撞碎的浪裏，都有親人的骨肉？

她想像着，海的內臟、肌理、血管、靈魂，搖晃着，拚湊成親人的模樣。她在潛水器圓形的觀察窗裏，逆流而下，來到了他們身邊。

付初和唐冉遠遠地跟着。見她在海邊站了一會兒，轉頭離開，走向馬路、走向人流，走進此起彼伏的商鋪。那個舉動彷彿是一隻水母跳出了水族箱，跟她的海洋夢說永別，而進入一種人類所認為的、真實的生活中。

兩個人都鬆了口氣，還好她沒想不開啊！

「腹瀉魚」小組開始熱衷於在學校論壇裏分享潛航員的考試體驗。因為他們發現總有人帶着幾分好奇和敬畏來問：「你們到海底去考過試嗎？」「我看網上說潛航員考試比航天員考試還難，是真的嗎？」「你們在黑暗裏不害怕嗎？」……

付初在更新帖子時，收到了媽媽的回信：

最近，我們正忙着在西北太平洋的海山區——地球上最古老的地方工作。一億多年前，海底火山噴發形成了這片區域。這一次，我們還帶上了海龍號，我們國家自己研發的深海無人潛水器，下潛到了6000米深海，採集了很多標本。當然，你一定會說「蛟龍號」是載人潛水器，更危險也更厲害，但科學是沒有高下之分的。

海龍號來到的深海是一片荒涼、難覓生物的地方，偶爾游來一條魚或者蝦都會讓我們驚呼。而從幾千米深的海底採集上來的生物標本中，竟然檢出了直徑小於5毫米的塑膠碎片——微塑膠。和大型塑膠一樣，海洋微塑膠也會被海鳥、魚類、底棲動物、浮游動物等海洋生物攝食，並且損害牠們的消化道。牠們甚至會因為食用微塑膠而產生飽脹感，停止進食，最終死亡。塑膠要幾百年才會被分解掉，在洋流中，它們會迅速遷移。我的同事說，他在南極採集的海水樣本中，也發現了微塑膠。沒想到勢態已經如此嚴峻了，我真的很難過……

其實我們這次還有一個任務，是勘探「蛟龍號」的下一個下潛地點，甚至可能還會在某些海域與它匯合呢。由於通訊時間不固定，我可能再也沒法給你寫這麼長的郵件了。如果有急事，記得用簡潔的摩斯密碼聯繫——希望你還沒有忘記它們。

對了，我們的下一個作業點，與向陽紅9號的航線離得很近。從海圖上看，大概只有40多海里的距離，我們兩艘船打算搞一次聚餐。到時候如果你在新聞上看到我，可不要太驚訝。除此之外，我吃得好睡得好，牛奶也管夠，甚至還胖了幾斤，你們也不要太羨慕。

媽媽

他剛要回信，突然接到老付的電話。在一排電腦的嗡鳴聲和打字聲中，他聽到老付難以掩飾的激動。

「你知道嗎？你和唐冉通過了考試！你是少年組，他是成人組。接下來，直到你十八歲，將由徐老帶領小付、小唐和小葉親自教課，培訓你們科學課程。唐冉則會直接進深海基地，成為潛航員學員，進行下潛培訓。還有，徐老提議要讓一批考試中出頭的好苗子也來聽課，連沒通過考試的都可以參加。等你們年滿十八歲後，再進行一次考核，從中選拔出真正的潛航員。我已經替你打好招呼了，讓你那些在考試中被淘汰的夥伴也都來吧！」

謝蒙在一旁聽到了，擺擺手，「我不去了，等到了十八歲又是跑又是跳的，累死了。」

老付又說：「上次你跟我說的那個很可疑的女孩的事，我回頭想了想，還是跟上頭匯報了，聽說她連考試都沒過……」

「啊？你已經上報了？壞了壞了，那，那是個誤會啊……」付初緊張地說，「不會給她造成甚麼麻煩吧？」

「別擔心，清者自清。」

「嗯，」付初在這邊低低地回答，「爸，你說，我要不要給她點兒補償呢？我覺得挺過意不去的……」

「補償？你是想讓她也進培訓班嗎？可她不是你的死對頭嗎？」老付猜到了付初的心思。

「呃，從現在開始，不再是了……」

每一滴天上地上的水珠都被驚醒了
日子在日曆上，被圈起、撕掉
水和日子是一樣的，它們不需要無用的度量
不需要撫摩時間的堅硬或者柔軟

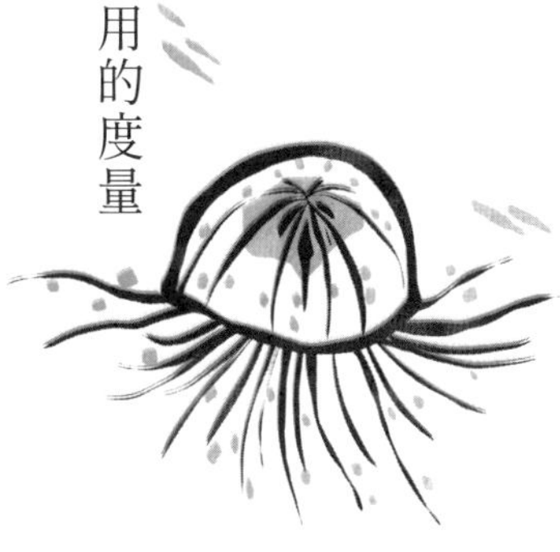

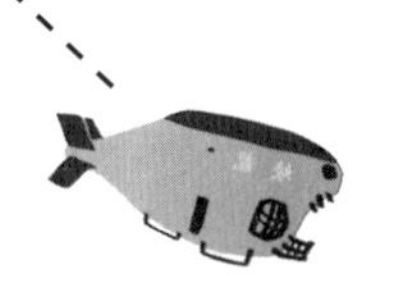

第八章

潮水的日子

唐冉鋪上一塊深藍色天鵝絨，將所有的貝殼按螺旋狀分佈，看起來如同整個星雲。星雲彌散着微弱的光芒，夾雜着海洋低沉的轟鳴聲，夾雜着夏日船和蟬的絮語。

突然之間他不需要再賣這些貝殼了。一直以來，他把貝殼當成潛水器的低級模仿品──據說世界上第一艘潛水器的船體設計方案，就是科學家凝視着鸚鵡螺誕生的。而現在他可以登上真正的潛水器了，因此他打算將它們收藏起來作為紀念。

他被錄取了！

與正式被錄取為潛航員的通知書一起到達的，還有另一份通知，告知他已經達到了成人潛航員的年齡，可以作為潛航員學員去深海基地正式學習。隨通知書還附上一份保密協議和一份生活補助通知。那份補貼全部攢下來，足以歸還付初借給他的錢。

他不敢相信這都是真的，所以那份通知書他幾乎每看幾個字就停下來長呼一口氣。得知自己是成人組唯一的勝出者，喜悅像一種氣味一樣跟隨他。在他去深海基地報到時，在他宣誓為海洋事業奉獻時，在他成百上千次用機械臂模擬「蛟龍號」在深海的一個抓取動作時，在他學着組裝「蛟龍號」所有的部件時，在他坐在深海基地的食堂裏吃飯時，這種氣味都如影隨形、不曾離去。

首次下潛的日子比他預料的來得快。一大早，深海基地便放了一掛大紅鞭，然後是領導講話和歡送的隊伍，小學生為隨船遠行的人繫上紅領巾，彷彿他們要去的是戰場一般。

站在向陽紅9號的彩旗下，唐冉覺得，如果給他的人生畫一個坐標，那麼有兩個小點是濃墨重彩的：一個是「蛟龍號」開放日，一個是今天。連接着兩個點之間的蜿蜒細線，是細碎裏包裹着波瀾壯闊的日子。

這艘船，從此也是他的母船了！船艙彷彿是一個搖擺着的不倒翁。狹窄的艙室內，有一張橫向的小牀。唐冉躺了一會兒，要不頭重腳輕，要不忽上忽下，像是躺在蹺蹺板上。他索性坐起來，盯着圓形舷窗。雲彩正在自動上升，又被海浪擠走，海平面高了上來。但這種把戲不會太久，下一秒，海浪迅疾下降，舷窗外白雲悠然。

付雲濤敲敲艙門，唐冉留意到他穿着深藍色制服，而在陸地上時，他似乎更喜歡白色、淺粉這樣明快的顏色。深藍色改變了他的一部分性格，顯得克制、理性，這是在大海上的保護色。

「還適應嗎?」

「還不錯。」

「一會兒有火警演習，做好準備。」

他們來到甲板上，一隻飛累了的小鳥也決定在這裏停留。牠通體白羽，頭頂綴有黃冠，身形有些像某種鷺類。由於橙黃色的眼睛和尖喙幾乎長在同一條直線上，牠的眼珠像是鑲嵌在嘴巴上的裝飾。唐冉忍不住留意牠的一舉一動，而牠則用乾瘦的、樹幹色的爪子撐起了毛茸茸的身子。

「這是甚麼鳥?」

大家問。沒有人知道。

船長年紀約五十開外，皮膚微黑，抬頭紋縱橫，似乎每一條皺紋裏都藏着操勞。他詳細講解着船上的起居、用餐、用電、用水事項，艙內行走、甲板行走的要點，以及易燃物品管理規定等。

大副、輪機長和其他船員們一共分為三組，每組工作八小時，二十四小時不間斷輪班，駕駛着向陽紅9號永不停歇、披波斬浪。

在船上的第一課是火警演習。每個人都披掛起了救生衣，唐冉發現橙色的救生衣上不但有銀灰色的反光帶，還配有哨子。他拿起來就想吹，被葉林制止了，「這是晚上落水時，方便大船尋找才能吹的。」

剛整理好，船上就拉響了八聲警報，「嘀嘀嘀嘀嘀嘀嘀——嗒」，這七短一長的警報，就是火警棄船信號。全體人員穿着救生衣，戴着安全帽，迅速到達甲板指定位置集合。

近百號人在甲板上站得整整齊齊，他們有各方面的海洋專家，也有普通的輪機工，甚至還有那隻飛累的鳥。從今天開始，唐冉擁有了一個新的家庭，每一張臉都是那麼聰穎而和善，每一張臉都蕩漾着笑容。

在船上，每天都有會議。當「蛟龍號」不下潛時，潛航員也不能休息，維護、補修、學習理論知識……船上的政委戲言，他是把國之重器交到一羣娃娃手裏了。

終於有一天，維修報告會結束後，唐冉被留下來，派遣了7000米深潛的任務。他覺得有點突然，但並不意外。負責主持下潛工作的政委卻以為他嚇壞了，解釋了一遍：「下潛一般是按照循序漸進的過程，按50米—300米—1000米—5000米—7000米這樣的深度下潛。但我們一致認為以你在考核中的各項成績來看，能適應這樣的安排。並且你應該抽出些時間複習文化知識，再考大學去，因此決定讓你提前挑戰7000米這個深度。上一次付雲濤和唐佳霖已經下潛到了這個深度，這是全球絕無僅有的紀錄。雖然你已通過學員考試，可是必須親自完成一次深潛，才算是真正的考試合格。你們這個潛次的主駕駛是付雲濤，你要作為副駕駛員配合他，另外還有一位隨行的海洋生物學家。不怕吧?」

「不怕！目的地呢?」

「馬里亞納海溝。你還有一個任務，是在考察點佈放一面阿加力膠做的國旗。」

唐冉領命後來到餐廳吃飯，在看到他終於拿着餐盤走來時，老付遠遠地揚起了大勺子。鋁合金餐盤有三格，老付卻給他打了四個菜，還有一碗湯，最後竟然還堆上了水果。

船來回搖晃，盤子企圖在桌子上跑掉，人們拿起筷子或叉子攔住它們，並迅速填滿自己的嘴巴和胃，但有時還是吃到了鼻孔裏，有時叉到了臉，餐廳裏的笑聲像火苗一樣，飄到頭頂——一羣穿深藍衣服的「火苗」。

老付則一邊跟着船晃，一邊抱着他那本記了菜譜的大本子翻個不停，聽到大家笑，就從書頁上方露出莫名其妙的表情。

唐冉放回餐盤時，老付叫住了他，塞給他一瓶水。

「我有水。」

「不一樣，這一瓶是功能型飲料，潛航員我才給。你以為甚麼人都能喝啊！想得美！對了，這是瓶幸運之水，我給付初他媽媽也帶了一瓶，她拿着出海去了。」

唐冉接過來，扭頭瞥見老付身後竟然搭了一個簡易鳥架。老付見他盯着看，就說：「這鳥，我剛才查了，叫牛背鷺，可能太累了，竟然飛到船上來了。牠是不吃海鮮的，我先養兩天，等你下潛回來時，就能把牠放飛了。」

「為甚麼要等我回來才放飛?」

「唉，這孩子真愚！這是在祝福你平安回來呢，這不是還有隻鳥在等你，讓你心裏有個牽掛嘛。」

這時，二副滿頭大汗地衝過來，見到唐冉，就一把抓住他，「可算找到你了，有人打衞星電話來找你！」

電話雖然被極力降噪，卻還是傳來「吱吱啦啦」的雜音。唐冉嚇了一跳，因為電話裏響起了他爸爸的聲音：「我跟你說，我們店來了個警察……你沒惹甚麼麻煩吧?那就好，你好不容易走到這一步了，已經是我們家最有出息的人了，可不能這時候掉鏈子……沒，我沒喝酒，再也不喝了。我兒子是下潛英雄，我得注意個人形象不是！」

警察在唐家的小餛飩店裏做着筆錄，那架無人機的事被重新提起。

唐冉爸回憶着，第一次見到梅隆時，唐冉正在自家餛飩攤上用鐵絲紮一艘船。大概是這一點打動了梅隆，從此他總是過來照顧生意，時不時送給唐冉一兩艘船的模型。直到「蛟龍號」開放日的前一天，他拿來一架無人機，要求唐冉爸替他去拍點照片，說是給女兒看的。拍成之後，只要照片，無人機就送唐冉了。唐冉爸想都沒想就答應了下來，不過，臨上船時，他把無人機的鏡頭用膠帶和口香糖貼起來了。他隱約記得當初潛航員考試時複習過，用無人機拍攝國家重大科研儀器是違法的。照片嘛，只要網上找幾張新聞圖就可以了，無人機還不是輕輕鬆鬆手到擒來？

「這個無人飛機的事很重要嗎？」唐冉爸小心翼翼地問，生怕影響到唐冉。

「無人機是不能帶上母船的，還好你有安保意識。現在沒事了。」

「我們家可是和間諜沒任何關係啊！都是老老實實過日子的小市民。」唐冉爸依然心事重重，他這把年紀倒是無所謂了，只是擔心會對唐冉造成甚麼不良影響。

「是不是間諜，我們會下定論的，你別再想着投機倒把賺人便宜就行。」

「我？我賺人便宜？梅隆來吃餛飩，我可都是給他打折的，有時候還送個鹵蛋，怎麼成了我投機倒把了！他差點坑死我，弄一架無人機讓我帶上向陽紅9號，當初要不是我留了個心眼兒，還不定鬧出多大事呢！」唐冉爸舉起手，得意地搔了搔頭髮。

正說着，付初帶着謝蒙和沈魚跑來店裏，問最近有沒有見過梅蘭竹，說他們打聽不到她到底住在哪家孤兒院裏。唐冉爸剛要抱怨幾句，門口卻閃進個人來。所有人一下子愣住了，進來的正是梅蘭竹。

唐冉爸迎上來，「可算見到你了，你的這些夥伴都找到我店裏來了。」

「叔叔，我找你有事。」

「哦，他們也找你有事。」唐冉爸指了指付初他們。

梅蘭竹沒看付初，好像他是空氣，「唐叔叔，我想訂一個月的餛飩外賣，這是錢。」

「一個月的餛飩？你吃得了嗎？」

「一天三頓地吃，怎麼吃不了？再說，我爸也喜歡這口，糟蹋不了的。」

唐冉爸上下掃了她幾眼，「不對勁，哪有一天三頓吃一樣東西的？老實說，出甚麼事了？」

梅蘭竹兩眼一彎，流下眼淚，「我被領養了……」

「好事啊，哭甚麼！」

「我爸老帶我來這兒，他說他最喜歡的就是你家的餛飩。我怕我走了，他難受吃不下飯，就想給他訂上他最喜歡吃的東西……」她吸着鼻子說。

唐冉媽端着一大碗餛飩，拉着梅蘭竹坐下，「孩子，把淚擦擦，先吃點兒熱飯吧。」

梅蘭竹直愣愣地看着那大碗餛飩發呆，過了半晌，才慢慢地說：「我爸第一次帶我來時，就給我要的這種餛飩。」

「喲，不叫梅隆改叫爸了？你怎麼不當着他的面叫？他可是老盼着呢。」唐冉爸搖了搖頭，表示惋惜，「吃完餛飩，先別走，那邊還有好幾個等着你的呢。」

不說不要緊，一說到付初，梅蘭竹推開碗就要走。沈魚連忙跑過來抓住她的手腕，「別走別走，我們真的找了你好久。」說完，她對付初使了個眼色。

付初一步一步走過來，磨蹭了半天，才艱難地說：「我想跟你道個歉，之前總誤會你不是好人。你，你別介意……對了，有件大好事，你可以和我們一起參加少年潛航員的培訓班了。我們找了你好幾天了！」

梅蘭竹還是不看他，眼神直往天上飄，「我連幽閉測試都沒過，培甚麼訓！」說完，又要走。

唐冉媽連忙喚她等一等，遞過來一個疊成三角形的小紙包，「這是梅隆上次夾在錢裏的東西，還給你。」

梅蘭竹好奇地接過來，打開紙包，裏邊是一張一寸照片。那是她初中入學時特地去照相館照的，學生證和各種證件上都是這張照片。

拿着洗好的照片時，梅隆一邊交錢一邊說：「我閨女真俊！」

直到回家，他都還在嚷嚷：「就拿這張照片去報名少年潛航員吧，說不定以後你就是中國第一個女潛航員啦！」

梅蘭竹捧着照片，看了很久很久。她感覺再也不能在這家小店多待一分鐘了，因為在一張張桌椅間，彷彿還能尋找到一絲父女往日的歡聲笑語。

謝蒙不忘在她身後喊：「如果你改變主意了，就去深海基地報到。」

船隻犁開白色的浪。大西洋的一部分與太平洋在此交界。淺灰藍的大西洋和墨藍的太平洋，如同有人各執一子在棋盤上交鋒，互不相讓。

每個清晨，天剛擦亮，氣象員都會準時施放一隻乳白色的氣象氣球。當天是否下潛，完全要視氣球發回的天氣分析數據而定。

一連三天，乳白色的氣象氣球施放時，那隻牛背鷺都會端詳它。牠想不明白這個吹口氣就能膨脹、沒長翅膀的東西是怎麼飛的，何況還要吊着一個小小的黑匣子。牠從來沒有見過它們任何一個回來，這導致船上的人每天都要施放新的。這勞師動眾的，多累啊！

氣象雲圖和海浪預報每十二小時就要出一份報告，海上沒有不間斷的晴好時間，只能趕在各種不妙的天氣之前下潛。

知道要下潛，唐冉好幾夜沒睡，他無數次從牀頭拿起他的下潛服，撫摩胸口那裏的五星紅旗。雖然深藍色是船上制服的統一顏色，可是只有正式的潛航員才能穿胸口帶國旗的衣服。

清早，船上的每個人都在忙碌着。船員拎着小桶，給甲板除鏽補漆；駕駛員常年站着，按照船長的指示謹慎駕駛；報房內，傳真、郵件、衞星電話輪番上陣；廚房裏又是油又是煙，菜刀在案板上時起時落，老付帶着三個人要給百來號人做三餐和夜宵；實驗室的科學家分成兩撥，一撥在化驗採集來的標本，一撥在調試下潛需要的科學儀器。整艘船如同巨大的工房，每個人都是工蜂，每個人也都是蜂王，每個人的工作都是為了成就彼此。

「讓一讓，把甲板清出來！」

只要聽到這聲音，就知道是開叉車的顧師傅來了。他的升降叉車上裝有幾百公斤重的壓載鐵。這些鐵砣是由安裝小組人工抬上叉車的。因為甲板濕滑，叉車行駛不穩，而且把壓載鐵準確地裝進「蛟龍號」腹中需要很高的準確性，所以一會兒還要人工抬下來安裝。

剛準備安裝，就聽有人大喊一聲：「下雨了！下雨了！」

甲板原來就滑，此刻經了雨水，叉車更是像一隻失控的鴨子。

「來人！快來人幫忙哪！」

顧師傅大喊起來，不一會兒甲板上就聚集了三四十人，連政委和葉林都來了。沒有人打傘，傘會讓甲板更加狹窄，還會妨礙安裝。

「實在是太滑了，叉車還是無法準確定位哪！」

「那我們就硬推！」政委轉身對葉林說，「再去多喊點人來！」

更多的人向甲板聚攏過來，顧師傅只覺得車子輕了不少，想看看都是誰在幫忙，無奈被大雨擋了視線，看東西就像看蒙了霜花的玻璃，只得大吼：「是誰在那邊幫推車，報個名！」

「唐冉！」

「付雲濤！」

「唐佳霖！」

顧師傅咂舌，乖乖，潛航員都來了啊！他對着大雨又喊：「謝啦，幾位好漢！」

安裝主崗張師傅正指揮着小組把壓載鐵抬起來，他擦了把臉上的雨，沒想到擦了一手血。兩天前，他裝壓載鐵時這手就受傷了，縫了三針，被雨一沖，又開始流血了。

葉林拍拍張師傅，指着他的手說：「您這手不能泡水，這麼折騰，怕不是要感染？快回去休息吧，我頂你的班，我壯實！」

張師傅看了看四周，「別人不走，我怎麼能走？別說了，使勁兒吧！」

雨瘋狂地澆灌下來，從頭頂流到脖子上，灌進領子裏。原本身上起了一層薄汗，被一激，散發出一種特殊的味道，從每個漏風的地方蒸騰起來。

愈來愈多的人聚集到甲板上。水珠淋得大家睜不開眼，只能憑聲音辨別身邊的人是誰。他們憑着直覺和信任，與同伴肩並肩，站在這顛簸的甲板上。

叉車終於就位，張師傅爬上腳手架，對天大喊一聲：「龍王爺啊，你怎麼也不照顧着點兒我們的船啊？下這麼大的雨，這一船上下簡直活遭罪啊！」

政委在腳手架下聽見了，笑着說：「這可是公海，龍王爺大概顧不過來吧。」

「政委，您快回去吧，渾身都濕透了！」張師傅揮揮手。

「沒事，反正本來也濕透了。來吧大家夥兒，讓龍王爺看看我們的本事！」

數不清的人們肩挑背扛，終於把兩側壓載鐵都裝好了。雨非但沒停，反而更大了，甲板上積了水，被水珠激起一個個圓。

「唉，這雨怎麼就不停了呢？」顧師傅看着天歎氣。

政委還是樂，「大概是龍王爺被感動哭了吧。」他轉頭四下尋找，「潛航員們呢？就要下潛了，快回去休息吧，別生病了。」

可是左右無人應答，人們正奇怪，忽然有「咚咚」的聲音震動了耳膜。那是腳步聲，不，是跑步聲，和風一起、和雨一起，變成了奔騰在甲板上的一匹匹快馬。「快馬」衝進了雨的簾幕，衝破了雨的氣勢，這時人們才看清楚發生了甚麼。

潛航員們扯着防雨篷布，一張接一張地把它們蒙在「蛟龍號」上。篷布展開來，像一大片浸泡開的海苔。「海苔」沉重，風時不時過來撩一把，像是在撩一個病人的衣擺。葉林看得氣悶，毫不猶豫地坐了上去，唐冉也翻身坐上去，壓住了翻飛的防雨篷布。

「你上來幹甚麼?」葉林分出一塊篷布往唐冉身上蓋。

「陪你啊！」

「不用陪，我倆不一樣！『蛟龍號』是我半個兒子，徐老把他托付給我，從出生到長大都是我帶的，你沒有這種經歷，理解不了吧?」

大家很快搬來各種重物壓住了篷布。一場大雨後，所有人的皮膚都冷得透出了骨頭顏色，老付挨個分薑湯時，唐冉聽到自己的上下牙還在打戰。

「淨逞能！」老付說他。

「就是！」葉林附和。

唐冉啜一口薑湯，慢悠悠地說：「『蛟龍號』是我父親。」

「啊?」葉林瞪大了眼。

「我父親是上一次被篩下來的潛航員考生，『蛟龍號』是他的夢，也是陪我長大的夢。你說『蛟龍號』是你的兒子，那麼它便是我的父親了，精神上的父親。」唐冉晃了晃手中琥珀色的液體，「所以我這不是逞能！」

下潛的日子終於到了，前一夜，唐冉幾乎沒合眼。破曉了，他起牀穿戴好，去甲板上。風暴過後，飛雲低捲，海面紫霧彌散，牛背鷺靠在船舷上休息。

唐冉沿着扶梯，登上「蛟龍號」頂部，艙門在他面前轟然打開，他向下看了一眼，覺得那頗像一面盾牌覆蓋着的地窖。

一架天藍色的鋼質小梯連接着艙門和艙內。他摘下安全帽，脫掉鞋子，只穿布襪，從那個僅有五六十厘米寬的圓形艙口下到底部。底部也大不了多少，圓形的艙肚直徑只有2.1米，只是兩個孩子疊加的身高。艙底沒有座位，只有三塊海綿墊，他們三人一個要站着，一個要蹲着，一個則要趴着。

唐冉有點兒束手無策，因為他們三人並沒有提前商量誰要用甚麼姿勢。這種禮貌在付雲濤看來卻是一種拘謹，因此下到艙底後，他直接坐到了主駕駛的位置上。於是唐冉安心地坐在左側副駕駛位，守着自己的觀察窗。

這樣的窗子共有三塊，都是圓形的，最大的一塊是付雲濤面前的，它和顯示屏、密密麻麻的按鈕、線路分佈在一處。

科學家是最後下來的，唐冉不禁多看了她幾眼。她散發着溫和的氣質，琥珀色的眼珠藏在眼鏡後。介紹了自己叫楊敏，她便端着保温杯坐穩當。唐冉這才想起來，他曾經在電視上見過她。那時，他坐在電視前，凝神看着「蛟龍號」下潛的直播。楊敏是第一個潛入海底的女科學家，她進艙之前，揮手致意，臉上閃爍着驕傲。在那時的唐冉眼中，她似乎會發光。

A型架把「蛟龍號」吊了起來，繼而推出軌道。艙內的三人如同掛在蛛絲上的小蟲子，每一縷風都會使他們東倒西歪。

蛙人們在小艇上載浮載沉。唐冉將臉貼在舷窗上，認出了曾經一起參加蛙人考試的幾位退伍大叔。唐冉知道蛙人工作的所有程序，他默默地在心裏唸叨：該跳上「蛟龍號」的背部了，該拔下主吊纜了……蛙人考試那一天冰冷的海水仍然令他窒息，親眼看着自己的海洋夢遠去的絕望感也近在眼前。而此刻，他卻蜷縮在「蛟龍號」舷窗那弧形的線條旁，用另一種方式沉浸到墨藍的海平面之下。

但他有一種感覺，自那天起，他就把自己的一部分留在了蛙人大叔之間，陪他們顛簸、嗆水、受傷。他在心裏默默地感謝着他們的守護。

「蛟龍號」晃得像個盛了一半水的罐子，而且是個架在蒸屜上的金屬罐子。唐冉瞥了一眼温度計，42攝氏度。付雲濤的

蛟龍

髮茬上全是汗，一縷縷黏在一起，而他自己的那件深藍色純棉T恤則貼在身上。

付雲濤卻毫不在意這些不適，他習慣性地看了看艙內各類儀表，檢查艙內氣壓表、氧源壓力表以及供氧流量計的數字，見一切正常，才啟動潛水器動力系統，試做了兩個拋載和吸附的動作。

確保螺旋槳、水下照明等設備均正常無誤後，他向母船匯報：「艙內設備檢查完畢，一切正常。」

「待命！」母船回覆。

「水面檢查完畢，一切正常，請求下潛！」唐冉發出了下潛請求。

「同意下潛！祝你們順利、圓滿！」向陽紅9號上，指揮員的聲音洪亮、有力地傳來。

「蛟龍號」拋掉兩塊壓載鐵，開始下沉。它吐着層層疊疊的氣泡，在啫喱般透明的海水中緩緩開拓出一條閃着銀光的路。氣泡升騰，海波漾起，像極了一匹蕩開的透明絲綢。

海山聳立，如沉默的長者
他們在深淵中生長
而不在大地上張望
雪在其中行駛，他們互相注目

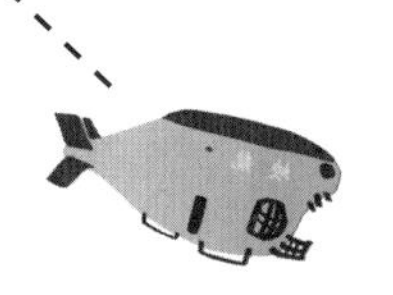

第九章

深藍暴雪

下潛40米後，海水的顏色開始變重變濃。陽光的劍直插下來，卻斬不斷愈來愈濃稠的黑暗。海水蕩漾，把頭頂的海面戳出無數凹陷和凸起的氣泡。

200米後，四周一片漆黑。除了黑，還有冷，剛才的濕熱一掃而光，艙內的溫度從最初的42攝氏度迅速降到20攝氏度，最後跌落至十幾攝氏度。三人裹起了毛毯，彷彿是冰箱裏的三塊凍肉，把牙齒咬得硬邦邦。

「蛟龍號」前方的機械手蟹爪般揮舞，徒勞地抓起光線，卻發現它們漸行漸遠。傷心令它的身影逐漸暗淡，把輪廓也隱沒了。

若不是顯示屏上的數字表示他們正在下沉，唐冉絕對不知道自己身在何處。他不停地問甚麼時候艙外完全變黑，付雲濤說，只要完全看不到艙外的機械手，就說明全黑了。

徹底的黑暗到來的一剎那，竟然是倉促的，彷彿是縱身一撲，跳將過來一般。

唐冉覺得他甚至能聽到潛水器被黑暗吞進腹中的聲音。他在想，這片古老的海洋吃下了這麼一大坨鐵，會不會胃疼。

這一團墨黑兜住了小小的潛水器，深不可測的寂靜是網上的經線和緯線，暗自呼吸、改變形狀，正逐漸絞緊、收攏成他們的輪廓。

當他們妄圖看穿黑暗，黑暗中的一切也企圖看穿他們，這是公平的——他們彼此好像都不夠了解對方。

唐冉記錄着時間，前後只耗費了半個小時，機械手模糊的影子就徹底不見了。

這是早上的七點三十三分，在向陽紅9號上，陽光給一半的海水塗抹了金粉，人們注視着「蛟龍號」紅色的蓋頂漂泊其間，然後便被燃燒的海所伸出的臂膀摁入了自己的胸膛。

深海基地裏，「腹瀉魚」小組正坐進「蛟龍號」模擬器中。模擬器的外形、大小、結構、內部設施都和「蛟龍號」一模一樣，它可以模擬與「蛟龍號」同步下潛，所見、所聽、所聞、所感都和此時深海中的唐冉完全一致。

「原來這個艙這麼小！」沈魚說。

「可不是！你看這一牆的按鈕和燈，紅紅綠綠的，得有上百個吧。再加上潛航員每次要帶夠能維持八十四小時的水和吃的，一上潛水器就一人一個背包放在背後，這樣下來，人活動的地方會更小。」

「唉，付叔叔和唐冉他們真不容易！在這裏邊坐着多悶啊！而且溫度變化也太大了吧，剛才都熱死了，這會兒又冷得不行！」

艙外，謝蒙正在徐老的指點下，觀測監視器上的數據。

徐老指着翠綠底色的屏幕，「你看，整個艙內分為生命支持系統和作業系統兩大塊。『蛟龍號』目前下潛的深度、速度，海水當前的鹽度、溫度，都用黃色字體顯示在屏幕上，而『蛟龍號』行動的軌跡會連成一條黃色曲線。」

「那這兒又是甚麼?」謝蒙指着屏幕下方一行小字，上邊顯示着氧氣和二氧化碳的比例。

「這些是『蛟龍號』艙內此刻的空氣配比。你看，旁邊還有濕度和溫度。這樣即使在母船上，我們也能通過數字分析出艙內的舒適程度。」

「這顯然不舒服啊……濕度49.2%，簡直是汗蒸房啊！」

「『蛟龍號』上的溫度和濕度會有幾個階段的變化。起初，『蛟龍號』停放在母船甲板上，艙門緊閉後完全是一個罐子，又熱又潮。而下潛後會很冷，汗瞬間就會變乾，如果在艙內不穿外套就容易生病。」

謝蒙拍拍胸口，一副萬幸的樣子，「還好我沒進那個鐵皮罐子，我體弱，不經折騰！」

突然，一個身影躥上了模擬器的扶梯，一下子掀開了艙蓋。沒等人們看清楚那人的輪廓面目，她就像風一樣鑽進了艙門。

付初一臉不可思議地看着從艙頂跳下來的梅蘭竹，「是你啊，我還以為蜘蛛俠來了呢！」

梅蘭竹推開付初，一屁股坐在模擬器的主駕駛座位上，「我決定接受你們的邀請。但這個位置必須是我的。」

徐老和謝蒙面面相覷，然後「撲哧」一聲笑了出來。

「我去和梅蘭竹打聲招呼！」謝蒙爬上模擬器，打開頂上的艙蓋，「嗨，你們好，一會兒你們想聽音樂嗎?」

隨着話音落下，付初打了個冷戰，有幾滴水珠「啪嗒啪嗒」地順着他的脖子灌進了衣領。

「哎喲，你幹嗎往我身上滴水?」付初憤怒地對謝蒙嚷嚷。

「那是『蛟龍號』艙壁上的水，不是他滴的。」梅蘭竹覺得他們超幼稚，「現在，真正的『蛟龍號』下潛深度已經達到500米，外邊冷，艙內暖，艙壁上會結滿冷凝水。模擬器連這個細節都復原到了。這個時候，艙口壁和觀察窗上的水珠如果不擦掉，就會掉進副駕駛的脖子裏。」她敲了敲付初膝下的海綿墊子，「那正是你現在的位置啊！不然你想我幹嗎非要把你推過去坐?」

沈魚摸出一塊乾手帕，想擦乾所有的水珠，沒想到更多的水像雨滴一樣，淋了付初一頭一臉。謝蒙笑得伏在模擬器上，震動得艙壁「嗡嗡」響。

梅蘭竹羨慕他們，可是她不屬於他們。這裏的所有人都會形成一個溫暖的氣場，彷彿外人隨便一踏入就可以像看到家人一樣放鬆、喜悅，然而她卻無法這樣。她就像鴕鳥一樣，把頭和心埋進地裏。

徐老在一旁聽着，樂得白色的眉毛一顫一顫。這是預備學員們的首次課堂，湊齊他們可真不容易。這幾個孩子，付初正直果敢，沈魚略帶小性兒，謝蒙愛玩，梅蘭竹心事重重。

第一次知道梅蘭竹的事，是護士告訴他，有個女孩把錄音筆塞進他病房的門縫裏偷錄。他本想報警，可轉念一想，一來他說的話光明正大、不怕人錄，二來他也想觀察一陣子這女孩到底想幹甚麼。但他年紀大了，眼睛花了，心也倦了，一直懶得去調查。直到付初有一天闖進病房，請他為一個女孩向考官求情。從付初說出的種種細節推斷，需要他求情的女孩和護士說的那女孩是同一個人，他立刻決定要幫她一把。

徐老相信，她憑藉自己的力量，能夠從漆黑的幽閉艙中走出來，就像相信太陽第二天照常升起一樣。她果然沒有讓他失望，聰敏而鋒利，如同被濕棉花包裹的針，外表的綿軟下尖銳無比。在得知她的身世後，一切都了然了。

她的成績很優秀，唯獨折在了幽閉空間測試和家庭關係上。徐老力排眾議，推薦她加入潛航員預備少年班，這才有了今天的培訓。

這些孩子的眼睛中有風暴也有彩虹，雖然徐老這把年紀已經很難好奇，可他還是想要一窺究竟。那些澄澈的瞳孔也曾經屬於他，只要用最真誠的眼神對視，老邁就不會再向他踏近一步。

謝蒙用手機播放一首歌，再把外放的小音箱放進模擬器。頓時，歌聲充盈了狹窄的模擬器艙壁，在其中四處衝撞。這是葉林曾在採訪中提到的歌，是他在上浮和下潛時最愛聽的披頭士的《黃色潛水艇》——

在那潛水艇的王國裏

我們起航逐日

直到我們找到一片碧綠之海

然後我們生活在海浪之下

在我們的黃色潛水艇裏

……

在參差墜落的音符中，少年的瞳孔和夢想都閃着光。付初覺得，這狹小的艙壁像沒織完的毛衣一般，正在無限延伸，直至把針腳綿延進了《海底兩萬里》那泛潮的紙張中。這是他的「蛟龍號」，也是他的鸚鵡螺號，他是無所不知的尼摩船長，瑰麗的大海驟然縮成雙眼中的兩個光點。

光點也在唐冉的眼中流轉着。一大羣發光的浮游生物「啪啪」地撞在他的視網膜上，如同颳起了小顆粒的暴風雪。牠們在洶湧的暗流中歎息和擴散，而他們穿行在這場暴風雪中，如同闖進陌生人的家。

黑暗中，一丁點光都會分外突兀。「蛟龍號」下潛時不開燈，一是為了節約電力能源，二是擔心燈光會引來大型生物，據說美國的阿爾文號就曾經被一條大魚撞出一個大坑。

突然，一道閃爍的流光從窗前飄過，彷彿有誰揮舞着細窄的鞭子，直令觀察窗顫抖起來。更多光，無論是圓形的、線形的、點狀的，還是成羣的、成串的、落單的，都結伴而來了。楊敏知道這些光是不同的生物發出的，也許是蝦，是章魚，是琵琶魚，或者是花樣百出的水母，可她無法看清楚牠們的輪廓，就彷彿是那些曾為她指引前行方向的星星，再明亮也永遠無法靠近。她唯有在心裏計算着流光的頻率，一分鐘就有十幾下飄過。牠們在她面前毫不遮掩地炫技，展示飛行和閃爍的高明之處，時而集中成束，時而倏然散開，時而爆發成火樹銀花，而更多的時候，牠們只是眨眼般好奇地閃光，留下單純的驚訝和疑惑。

沒有人說話，四下一片靜寂，艙內傳來細微的咕嚕聲，三人豎起耳朵，緊張地分辨，以為是哪裏出現了故障。過了一會兒，楊敏才帶着歉意地說：「這是我肚子裏的聲音……」

「你不會餓了吧?」付雲濤回頭問她。

「嗯，因為艙內沒有廁所，所以我從昨晚開始就停止喝水了。今天早上只吃了一塊餅乾和一個雞蛋……」

黑暗令飢餓的感覺漲大了幾倍，也許裏邊還混合了寂寞和恐懼。楊敏往後微微一仰，靠在一排藍色氧氣瓶上。在她背後，這樣的小鋼瓶足足有七行六列，排列得整整齊齊。這些氧氣是生命支持系統的一部分，可以供他們三人在水下呼吸八十四個小時。

他們蜷縮在逼仄的艙內，讓楊敏想起她培育在器皿中的稀有細菌，牠們又脆弱又美麗，往往只能存活幾十個小時，一點點生存環境的改變便令其朝不保夕。當時她曾怪過牠們的脆弱，而現在，他們和細菌毫無二致，仰仗空氣、水、陽光而存活。怎麼能忘了，生命，僅僅是一口温暖軟糯的氣?

她戳了戳唐冉的背，「我們甚麼時候才能開燈啊?」

「等潛水器坐底，或者懸停作業時就可以了。那時我們就到達這次下潛的目的地——挑戰者深淵了。」

「挑戰者深淵的深度在6000米以下，生物會變得非常稀少。可惜我們現在甚麼都看不到，也許抹香鯨正與我們擦肩而過，成羣的鮟鱇魚正舉着自己頭頂的『燈籠』捕獵食物，幽靈鯊正好奇地嗅着機械手……」

我可不想被抹香鯨拍成球，唐冉心裏想。

「我發現下潛的時候，甚麼都不用做，就像做夢一樣。這種時候，你一般都在想甚麼呢?」

「我在想，日本的潛水器發現過古鯨遺骨；美國阿爾文號深海潛水器不僅在地中海中找到了遺失海底的氫彈，還曾考察了鐵達尼號。那我們呢?當我們浮出水面時，又會把甚麼帶出去呢?」

「哈，我可完全沒想這些……哦，對了，我關心被我吊在『蛟龍號』外邊的泡沫塑膠。我把那些泡沫板雕成小魚小熊小星星的形狀，讓它們經受深海壓力，變成『壓縮模型』，好帶回去分人。喏，父母各一塊，我兒子一塊，我自己也要留一塊。」楊敏打趣地說，過了一會兒，她又輕聲問，「說真的，你們倆不怕嗎……」

付雲濤打斷了她的話：「請兩位密切注意自己的觀察窗，避免與海底物體近距離接觸，若有異常請及時匯報！玻璃觀察窗是我們潛水器最脆弱的地方，一旦出現了裂痕，海水就會像手術刀一樣瞬間切開鈦合金的外殼和我們。所以，你們一定要注意觀察外邊，及時告訴我兩側的情況。」

唐冉和楊敏答應一聲，各自忙碌起來。唐冉用摩斯密碼向水面發了信號，三短聲，●●●，表示一切正常。

幾千米的海面下無法架設電纜，電磁波又只能傳輸百十米，進了水裏就魚一般散開了，無從追蹤。而聲波作為傳輸手段反倒更適合深海的環境，所以「蛟龍號」被設計成了使用聲波來通信。但是，運用聲波傳輸數據，也有個巨大的問題：線路經常「塞車」，如果同時發送聲音、圖片、視頻，就會經常被卡住。所以除了上傳深潛重大發現以外，「蛟龍號」只用摩斯密碼簡短地向母船傳信。絕大多數時間，母船和潛水器漸行漸遠，卻依然心懷彼此，各自橫渡茫茫大海。

可是，縱使有着千般的周密，做好了萬般的準備，唐冉覺得自己仍然是害怕的。這害怕不是擔心潛水器有安全漏洞，也不是害怕黑暗、苦悶、幽閉，而一種輕飄飄、無以寄託的虛浮，是上下四方、無着無落的空寂，彷彿是行至絕境，用一豆燈光，守着細弱而飄搖的呼吸，怕它燃得太久耗盡了神，又怕它熄滅，從此無人知曉。

付雲濤通知他們：「我們的潛水器正以每分鐘36米的速度勻速下潛。一會兒，我們要準備懸停了。」

懸停，顧名思義，是如針臥水面、茶懸杯中。然而舟行水動，浪湧來去，動物忽左忽右，植物悠遊款擺，這一切都會干擾潛水器，使得它不停地滌蕩擺動。可是「蛟龍號」卻能如定海神針般穩住，這可是目前國外的深潛器尚未具備的功能。

楊敏伸了伸僵硬的腿，「我們下潛多久了？」

「兩個多小時了。」

「深度呢？」

「正在測算。」

付雲濤凝視着顯示屏上的數據，聲吶正把反饋回的數據測算出來。聲吶就是「蛟龍號」的眼睛和耳朵的集合體，在海底視力有限，一切只能用聲波感知。「蛟龍號」向四周發射聲波，聲波遇到障礙會反彈回來。一來二去，電腦便將周圍地形測繪出了一張網狀圖。

從聲吶的反饋來看，馬里亞納海溝呈弧形，如同一隻巨大的湯勺。如果把水抽乾，那麼海溝中並非全是深淵，還有大大小小的海山，動輒幾千米高。海山聳立，如沉默的長者。他們不在大地上令人抬頭張望，而選擇在深淵中生長，彷彿是為了填滿這些空洞的溝壑而存在的。

「當前深度，7000米，這個深度，是第二次來了。潛水器距離海底47米，準備降落海底。」

付雲濤啟動按鈕，從「蛟龍號」那魚形身體的下腹部兩側，滾出了兩組壓載鐵，直扎海底。那兩組鐵砣，方頭方腦、有棱有角。每次拋下多重的壓載鐵是早在地面上就計算好的，事關海水的溫度、深度、鹽度，絲毫馬虎不得。若是輕了，便潛不下去，重了又浮不回來。

付雲濤清晰地記得，他所參加的第一次下潛，只是一場百米海試。潛水器下了水，卻一直浮在海面上，潛不下去。徐老站在岸上直歎：「唉，還是太保守了！輕了、輕了！」說的就是壓載鐵輕了。

八組水下燈「啪」地亮了起來，黑暗被打開了一個缺口。那個狹窄、生硬的缺口只是一圈扇面的大小，只能照亮周圍幾米的範圍。

三雙黑色的眼睛在猛然到來的亮光中適應了好一會兒，才意識到那片晃來晃去的白色不是眼花，而是雪。

藍色燈柱的照耀下，暴雪翻動銀芒。

離海牀僅有3米了，「蛟龍號」頂流前行。付雲濤在左右觀察，尋找降落的位置。

茫茫大雪在海水中紛紛揚揚。和地面上的雪不同，這裏的雪既不像鹽粒子也不像鵝毛，更像春天時的柳絮，一片片、一團團，無主地、自在地上下翻浮。

「海雪！」楊敏爆發出一陣讚歎，「你們看，它們和地面上的雪構成完全不同，卻一樣漂亮！」

唐冉又要看海雪又要看地形，錯不開眼，「這些『雪』其實是浮游生物吧?」

「是的，不止這些。動物的殘骸和糞便啊，將死未死的浮游生物啊，古老的細菌啊，還有泥沙、灰塵，被海底的黏性物質凝聚在一起，就變成了這樣。」

「呃，殘骸和糞便……」

「聽起來好像很髒，可它們卻是海底很重要的構成部分。

這些在深海生活、一輩子見不到光的生物都靠這些『雪』做口糧呢！」

一說起自己的專業，楊敏就變了。那種疏離冷靜的學究氣一掃而光，變得孩子般歡欣鼓舞。

每秒0.2米、每秒0.1米……「蛟龍號」關閉了動力，速度愈來愈慢，最終「轟」地揚起一片淺黃色的泥沙，穩住了。

泥沙散開，如沉重的雲升騰。繼續散，露出這遼闊的，全無人煙之處。

窗外的景色富於變化，石水分層，有好幾個調子，藍、黃、灰、白，都打碎了，被渲染和過渡成冷峻卻綺麗的顏色。連那些伸着犄角、面容猙獰、疙疙瘩瘩、左突右衝的岩石都被漂染上了一層藍綠色。

唐冉說：「我覺得我們有點兒像外星飛船，砸在了陌生的星球上……」

楊敏反駁道：「這可不是陌生的星球，這就是我們的老家。我們就像在老家裏發現了一條暗道，又黑又長又冷，可我們還是忍不住跑來參觀了！」

「這些岩石長得一個拳頭一個拳頭的，像榨菜球兒……」

「的確很有意思，付雲濤，能不能幫我取一塊沉積物做樣本呢？」楊敏問。

「沉積物？」唐冉驚奇地問，「岩石在你們這個領域裏的專業名詞是『沉積物』嗎?」

「不太一樣。岩石是經過長久地質年代演變形成的，海底沉積物是指近代形成的，像那些來自陸地河流的泥沙啊，火山灰、隕石啊，以及海洋裏死去的生物的甲殼、骨骼，它們沉落到海底，形成沉積物，一般不很堅硬。」

「那不就是海底鋪着的軟泥?難道不是研究古老的岩石更有價值?」

「你聽我說啊，軟泥當然也是沉積物的一部分。但沉積物經過長久的演變，也就成了岩石。已經堅不可摧的岩石我們很難取走，年輕的沉積物卻可以拿回去研究。」

付雲濤專注地操縱着機械手，問:「你要哪一塊?」

那些沉積物和岩石在付雲濤和唐冉眼中並無區別，它們碩大、危險，棱角分明，毫無規則、橫七豎八地躺在那裏。雖然沉默着，卻彷彿在海底洋流的叩問中，發出鏗鏘的聲響，回蕩在潛水器周圍。

楊敏猶豫不決，「呃，選那塊大的吧……等等！那一塊上好像有一隻紅色的生物幼蟲！」她的聲音陡然拔高，「這裏有生物啊！馬里亞納海溝的生物得是多麼頑強啊！一定要幫我抓到那一塊有幼蟲的！快快！」

付雲濤似乎習慣了她這種一驚一乍、無限熱情的樣子，依舊冷靜地操作着機械手。那兩隻鋼鐵的手臂就相當於他的手

蛟龍一

肘、胳膊、手掌，和他的手臂一樣，大臂小臂粗細不同，粗臂抬舉重物，細臂則可以抓取、夾起標本。

然而，唐冉知道，一個最最簡單的抓取動作，也需要在陸地的模擬室內練習成百上千次。它們更像是一具裝甲，需要注意力和體力的支撐才能與人類的手臂合二為一。

付雲濤控制着操縱桿，尋找那塊有幼蟲的沉積物。所謂的幼蟲就像一根衣服上的線頭，細若游絲、左搖右擺。囚在這狹窄如鳥籠的潛水器中，游弋、遨遊幾乎已經是人類的極限，卻還要在絕對遼闊、神祕的海洋中，找一條帶幼蟲的石頭，這和大海撈針有甚麼區別！

楊敏按捺不住，忍不住朝觀察窗附身過去，「在那兒！」她的注意力全放在那小小的生物上，右手不經意地按下了控制台上的一個按鍵，只聽「啪」的一聲，一包東西炸彈一般被投放了出去。

那是帶在「蛟龍號」上的一包肉，楊敏竟忘了投放鍵的存在，不經潛航員允許，操作任何儀器都是大忌！

付雲濤一驚，剛穩下心神，就發現一道峭立的石壁赫然出現在面前，他們差點兒躲避不及，一頭撞過去。付雲濤緊急「剎車」，可「蛟龍號」卻被一股巨大的海流裹挾着，向後退了一截。身後是馬里亞納海溝無底的深淵，1萬多米，連光線掉下去都會被吞噬。

付雲濤和唐冉都白了臉，他們知道這意味着甚麼。那些古老的石壁足有百米高，直直地插在那裏，直達天庭一般，以一種盛氣凌人的姿態凝視着他們。

隔着慘白的燈光，隔着僅有1米厚的玻璃，他們和深淵貼面對峙着，「蛟龍號」則彷彿被網纏住了翅膀的鳥兒。

「我們的前方是石壁，後方就是深淵。」冷靜的付雲濤，聲音裏也出現了一絲絲顫抖，但仍然很輕，輕如微風下樹葉的顫動。

「很危險嗎?」楊敏問。

「海流剛才差點把我們捲下去，幸好穩住了。『蛟龍號』現在就像是走鋼絲的鉛球。」唐冉心有餘悸地說。

這裏的地勢就如同陡峭而垂直的樓梯，很容易讓人誤以為是平台。「蛟龍號」目前正停留在一條窄沿上，球形的艙體稍微往後一錯，就會失控滾進更深的深淵。

「你知不知道，你一個舉動可能要了我們的命！如果我沒看到地形，一頭撞上去的話，會怎麼樣?這是海底，7000多米深，而我們的氧氣只夠用八十四個小時，如果出了事，母船甚至都沒辦法及時營救我們！上一次下潛你就犯過同樣的錯誤，『蛟龍號』的觀察窗都被『黑煙囱』燒黑了。你是科學家，怎麼這麼衝動！」

付雲濤鮮有發怒，此刻卻忍不住。楊敏不吭聲了，她雖然不懂操作潛水器，可也知道事態的嚴重性。霎時，她覺得自己身體裏所有的血液都凝結了。

「蛟龍號」小心翼翼地離開了那裏，三人卻發現自己被包圍了。幾個不速之客正循着肉味而來，牠們是海參、獅子魚和不知名的管狀生物。只見牠們正如同追逐着空中翻滾的繡球一般，追逐着那一包肉，這場景讓唐冉有一種正在廣場上餵鴿子的錯覺。

艙內一片寂靜，艙外卻熱鬧非凡。

三人感慨萬分地望着觀察窗，這裏居然有這麼多生命！在這地球上最深的地方，陽光絕無可能照到之處，竟然有生命存在。這個深度，「蛟龍號」每一次撥開水花，向前游動一寸，都需要用推開一輛坦克的力量，可牠們卻游得那麼輕盈、漂亮。

顏色招搖的海參，款擺身子的獅子魚，透明的、連內臟都看得清的管狀生物，火花似的嵌入眼底、心底。彷彿有一雙柔弱無骨的手，正挽起一朵一朵幽蘭，使它們綻放在墨藍如夜幕的深海。

出乎意料，那些小傢伙甚至都不知道甚麼是危機。深海裏沒有天敵，只要隨着性子東探西探就能好好地過完一生。就連海參的長相也非常特別，不同於淺海表層那些五短三粗、黑不溜秋的海參，深海海參體色豔麗，每一隻都是扎眼的熒光色，有紫有白，有紅有黃，腹部下方掛着一圈軟綿綿的管足，看上去像掛在超市裏的地板刷。也許是對眼下的生活頗為滿意，無須控制體形以便鑽進狹窄的縫隙，牠們把身體也抻長了，每一隻都足有三四十厘米長，帶着一種懶洋洋的意味。

「牠們怎麼會是五顏六色的?」唐冉問楊敏。海參在他的印象裏一直是黑黝黝、滑溜溜、黏糊糊的，眼下的這幾隻竟然有些可愛。

「我不知道，可能是海底特殊的硫化物導致的。我們能帶一些回去研究吧?」

說話間，付雲濤已經用機械手掰下了一塊沉積物。那玩意兒看似堅硬，實則豆腐一般，一觸即碎。機械手小心地把它放置在前方的採樣籃裏，然後伸向了紫色海參。

海參算盤珠子似的，被碰一下，就挪上幾厘米。再戳就再挪，沒睡醒似的。有一條獅子魚一直在旁參觀機械手。深海本不是獅子魚生活的水域，牠們喜歡在珊瑚礁中，背着一身毒刺去攻擊其他魚類，然而這一條卻退化了，全身一根刺都沒有，像是被拔禿了，皮膚如蛋清般滑膩，眼睛退化到小如綠豆，身子捲動着向前游弋，看上去像老要去咬自己尾巴的小狗。

紫色海參把身體曲成S形，一扭一扭逃跑了。可惜牠算錯了方向，一頭逃進了採樣籃。在機械手關上籃子蓋之前，白色的獅子魚也滑了進去，緊挨着海參。採樣籃的蓋子「啪嗒」一聲合上了。

他們操縱「蛟龍號」，繼續在海牀上前行，按部就班地採集生物、海水和岩石的樣本。三個小時過去了，唐冉漸漸感到疲憊湧上四肢，對於他這個新手來說，今天的工作無論心理還是生理上，都是巨大的考驗。

終於，付雲濤長吁了一口氣，宣佈道：「今天的採樣任務完成。小唐，接下來準備佈放國旗吧！」

唐冉和付雲濤換了位置。主駕駛的觀察窗外，海雪直撲過來，輕推玻璃，洋洋灑灑，瀌瀌地要揚到臉上般。水流和推進器的聲音合在一起，「嗒——嗒——」，在艙壁內外湧動，回聲四起。唐冉覺得自己彷彿也變成了一片雪，手下的動作也隨之輕盈。那面阿加力膠國旗，只有手掌大小，旗面展開，彷彿獵獵生風，鮮紅鮮紅的。唐冉用了機械手最細的幾根指頭，輕輕捏着細細的鈦合金旗杆。

在艙內控制機械手，其實只能通過一個可以模擬人類關節的、話筒般小巧的搖杆。把國旗從採樣籃中取出來，再插得筆直，這麼一個地面上簡簡單單的動作，卻讓唐冉緊張得滿臉是汗。稍有不慎，國旗就會飄落在海中。而且那些沉積物要麼硬了，插不進去，要麼軟了，國旗會倒。機械手必須由上往下豎直着來，他的胳膊和腿一起擺，腦袋一搖一搖，嘴裏「哎喲哎呀」，終於圓滿完成了。

在這7000米的深海裏，五星紅旗映着「蛟龍號」的燈光，彷彿一簇跳躍的火焰。潛水器一動，水就蕩，推了推國旗，「火焰」燃燒得更亮了。

楊敏用手搬着腿，給僵硬的膝蓋挪了個位置，又拿出兩片膏藥，「這兩團涼的喲，一邊貼個暖寶寶焐焐，你們要不要?」

付雲濤和唐冉都搖頭，楊敏又拿起保温杯，「西洋參水泡枸杞，來不來一口?」

兩人正忙着和母船聯繫，申請上浮，沒人吭聲。

得到批准後，潛水器又拋出兩組壓載鐵。

「向9，向9，我是蛟龍！我們已拋載上浮，現在深度7060米，現在速度每分鐘36米，報告完畢！」

他們的聲音穿過水波，飛躍海溝，有64秒鐘的延遲，才能顯示在母船的顯示屏上。

這64秒，他們又檢查了一遍潛水器的性能和設備，確定正走在回家的路上，這才拿出背包裏準備的水和壓縮餅乾。這個時候要是有一碗熱乎乎的即食麪該多好啊！

上浮的路就像坐着從礦井升回地面的電梯，他們馱着深海裏的寶藏，沐浴着神祕的光，一路升起。而海面上的人們正伏在船舷上，像被光吸引來的小蛾子，向「蛟龍號」聚集。

唐冉拿出一疊貼紙，一張張往氧氣瓶上貼，一邊貼一邊默唸：絕對鹽度、海洋漁業、落潮、海陸風、堡礁、藍指海星、遠洋白鰭鯊、黑潮……所有的氧氣瓶都像穿上了衣服。

「這是在做甚麼?」楊敏問。

「做好標記，這樣下次下潛，我就會認得它們了。它們也是我們的戰友，對不對?」

楊敏笑笑，原來他暖暖的深藍色夾克口袋裏藏着這些小玩意兒啊！她小時候也喜歡貼紙，便伸手要來幾張一起貼。潛水器安靜無聲，他們聽到滿心的歡喜。這聲音原本被封閉在荒涼浩瀚的海水之下，此刻，因為正在上浮，海水顏色逐一變淺，它逮住第一縷滲透進來的陽光，晃悠着溢出潛水器，比他們更早到達了海面。

海面恍如藍色絲絹，飛魚一滑而過，瀝下一串水滴，漣漪圈圈漾開，是絹上的褶皺。

小艇停泊，蛙人跳下海，向他們圍攏來，在太平洋冰冷的海水中，試圖透過「蛟龍號」的觀察窗，看到他們的臉龐。

在舷窗外，人們正在微笑，正在呼喚，即使那聲音還很遙遠，還聽不真切，可也足以讓人心安。

終於回家了，唐冉這才拋掉心裏的壓載鐵，向艙頂輕輕吐出一口氣。

海上的太陽和雨滴落下即化
你歡樂的臉頰，燃燒在我眼中
海水還未席捲，你的笑正在生長

第十章

海上晴或雨

已近傍晚，深海基地的訓練室亮起了燈。「蛟龍號」模擬器的艙門自上方打開，光線湧入，照着艙內的三張臉，那上面沒有倦意，只有興奮。

付初和沈魚沿着垂至艙內的小梯子爬出，膝蓋酸軟，使不上力。幾個小時的蜷縮，令腿腳僵硬發麻，他們個子小，尚且伸展不開，三個成年人只會愈發覺得內艙局促。梅蘭竹緩緩站起來，在艙內環視一圈。一排排指示燈，有紅有綠，嵌滿艙壁，像是她的好奇心那樣閃爍。僅僅這樣是不夠的，她想，僅僅看到，而不記住它們的功能和使用順序是不對的。

她回憶着付雲濤的操作步驟，模擬器的顯示屏與真正的「蛟龍號」相連。突然，她感覺到屏幕晃了一下，抬起頭，屏幕上的畫面令她驚呆了。

向陽紅9號上的蛙人掛好了主吊纜，「蛟龍號」被緩緩提起，突然又重重墜回海面，如同被海鳥摔在水面上的銀魚。整個潛水器搖搖晃晃，而海面上浪濤聳動，時時要將它重新淹沒。

一、二、三、四……整整十二次震動，十二次提起又回落海面。最後，「蛟龍號」陷入波濤中，晃得像是一件晾衣繩上抖動的衣服，模擬器內也一併抖動着。

徐老的電話鈴聲尖鋭地響了起來，節奏像是繃緊的弦。他接起電話，聽了一會兒，臉色漸漸凝重。

付初跑到電腦前，謝蒙正在研究「蛟龍號」上傳回來的數據。海圖上，「蛟龍號」走過的軌跡如同一條盤旋的蛇。

徐老掛了電話，匆匆走回來，「我得去機場買張機票，飛到太平洋附近。」

「現在？」謝蒙和付初一臉震驚。

「因為A型架左舷摩打的外臂爆裂，『蛟龍號』無法從海面吊起，潛航員可能被迫在海上過夜。不多說了，我得趕緊走。」

「我能陪您一起去嗎？」付初連忙問。

「還有我，我們也想去！」沈魚和謝蒙也湊過來。

「去這麼多人幹嗎？摩打爆裂，就像是機械臂骨折，是我這個總工程師的失責。」

「可您需要人照顧！」

「別浪費那時間，付初可以照顧我。謝蒙留下，繼續學習觀察屏幕數據變化，如果有緊急情況就給向陽紅9號上打衛星電話，一會兒我把號碼留下。沈魚守着模擬器，觀察潛航員的情況。咦，梅蘭竹呢?」徐老巡視一圈，沒有找到她，只得作罷。

來不及收拾行李，徐老和付初打算打車前往機場。剛出大門，一輛出租車就適時地滑行到他們面前，打開車門，副駕駛座位上坐着梅蘭竹。

「你怎麼在這兒?」付初大驚，「你不是還在模擬器裏嗎?」

「早出來了！這種事情怎麼少得了我！」她拍拍背包，「我還幫徐老帶了些藥呢。」

他們乘飛機，換郵輪，輾轉了一個晚上，終於在黎明前到達了向陽紅9號。

甲板上聚滿人羣，政委正在指揮起吊，看到徐老驚愕了幾秒，連忙扶他上船。A型架左舷摩打的外臂爆裂引起漏油，噴射的油花如鯨魚的水柱，被晚風抓住，發出尖銳的、呼嘯的叫聲。

「蛟龍號」在海面上載浮載沉，如同一隻礦泉水瓶，偶爾浮上來喘一口氣，潮濕而鹹腥的空氣只能夠到它紅色的頂部，白色的身子則無法得見。

戴着安全帽的工程師和維修師在甲板上穿梭往來，進行緊急施救。徐老拿起一頂安全帽扣在頭上，走在最前。

「無關人等退後！」政委命令。

徐老注視着水面，一根主吊纜如同廢棄的臍帶，奮力拖住「蛟龍號」，又無力提起。

「收不上去，液壓不夠。」他判斷道。

實際上，他的一隻眼睛已經幾近失明。他先是捕捉朦朧的光影，再從光影中尋找凸起的輪廓，就像在抓住已經遁入空氣的煙。可即使這樣，做出判斷也僅僅用了不到一分鐘。

「那怎麼辦？會不會給潛水器造成巨大損失？」政委問。

「現在不該考慮機器，重要的是人！潛航員和科學家的生命才是無價的！先讓主吊纜鬆開潛水器，這樣他們會舒服一點，不然震動得太厲害了。」

徐老鶴立於船頭。付初努力抓住扶手，才能分出一隻手攙扶他。

「蛟龍號」每一次被波濤托出，人們都急切地張望着，想要看到潛水器中的三人，同時全船放聲大喊三人的名字。呼喊，似乎不是為了對方能夠聽到，而是為了把自己的焦慮趕出肺腑。

徐老向蛙人們吩咐了幾句，只見他們重又爬上「蛟龍號」的背，不甘心地鬆開了主吊纜。

人們或無力或沉默，眼睜睜看着「蛟龍號」被流放。在海上，脫離了母船的生命就像小紙片般，只能隨波逐流。

付初突然想起甚麼，像炮彈一樣衝向廚房，直嚷嚷：「爸！爸！你在哪兒？」

老付包好了幾百個餃子，正琢磨着甚麼時候下鍋，就聽到一個人在喊爸。嘿，這哪家的熊孩子，跑科考船上找爸爸來了?正想着，和付初撞了個滿懷。

「你怎麼來了?」

「沒空解釋這些！你和我媽有沒有緊急聯繫方式?」

「啊?你問這個幹甚麼?」

「我其實是想聯繫大洋一號，想讓我媽他們一起來幫忙營救『蛟龍號』!」

老付很快就明白過來，直說這是好主意，連忙帶他來到船長室。

「現在是晚上，大洋一號可能不會留意到我們發出的求助信息。」因為操心，船長的長臉顯得更窄了，他頭髮很黑，額上皺紋卻深。

「您可能聯繫不上大洋一號的船長，我卻不可能聯繫不上我媽。我媽才不會忽略任何一條關於我的信息呢，她恨不得在我身上綁個雷達。」

船長轉身去打衛星電話，趁這空當，付初給媽媽發了一封郵件，上邊只有一行摩斯密碼：

●●●●●(潛水器緊急情況)。

暮色下，海黏稠而沉重，擁有石油的質感。唐冉覺得熱氣正從體表流失，他想變成鳥，把脖子向後彎折，插入羽翼中。

每隔十五分鐘，母船就會呼叫一次「蛟龍號」。這不僅是為了確定他們的方位，更是為了了解三人的生命體徵。

付雲濤搬起自己的腿，放到另外一邊。蜷縮得太久，膝蓋就像是兩個木碗，麻木地扣在大腿和腿肚交接處。

唐冉正忙着把藍色氧氣瓶上的貼紙撕下來。

「你這又是在做甚麼？不是剛貼上去的？」付雲濤問。

「我把還沒用過的氧氣瓶上的貼紙撕下來，這樣就能計算出氧氣還能支撐多久了。」

「生命支持系統最長能支撐我們八十四個小時，扣掉下潛至今的十幾個小時，也還有幾天的時間。最可怕的事情其實不是氧氣，我擔心的，還有別的……」

「別的是甚麼事？」

這時，「蛟龍號」內的無線電通信系統嗡鳴起來，不久，便傳來徐老的聲音。

「你們三個還好嗎？母船正在抓緊維修損壞的摩打，爭取讓你們早點兒回家。小付，你要時刻注意潛水器的吃水線，如果突然加深，要立即向母船匯報。大家都記掛着你們，等你們回船上，吃團圓餃子……」

付雲濤瞥了一眼吃水線數據，那條隱約的線被大浪吞下去又吐出來，那可是唯一能拴住風箏似的潛水器的救命線啊！

「知道徐老為甚麼讓我留意『蛟龍號』的吃水線嗎？他是怕

我們的潛水器掉回深海。浮力塊是擰上去的，像螺絲一樣。浪打來打去，潛水器晃來晃去，有可能會使它鬆動，甚至脫落。一旦那樣，我們就會失去浮力，直接往下沉了。」

唐冉閉上嘴巴，可牙齒卻在咯咯作響。突然他感到肺腑翻湧，找出袋子吐了幾口。因為沒吃東西，吐出的都是水。

楊敏拍拍他的背，遞上了水杯，「喝點兒枸杞山楂水吧，能壓制一下噁心。」

「謝謝，您怎麼這麼冷靜?」

「大概是知道慌亂也沒用吧。實際上，我的第一次下潛，吐得比你還慘。那是在西印度洋，下潛員有小付和唐佳霖。我們發現了一處新的海底熱液區。熱液區，就是在海底火山附近，冰冷的海水遇到熾熱的熔岩，形成一種像煙囪似的物質，從中噴出滾滾黑煙。那附近溫度極高，能達到兩三百度，黑暗、無光、高壓，可那樣的地方，也聚集了無數人類還沒有命名的生物。那一次上浮，潛水器無法拋出壓載鐵，動力系統又突然不工作了。也就是說我們本該靠推進器，用兩個小時浮上水面的，可當時卻只能靠海水的浮力，慢慢地把我們帶上來。最壞的可能是，當海水浮力變小，潛水器的重量大於浮力時，我們就會掉回深海。是不是和今天很像?」

「我知道這件事，我看過紀錄片了，可惜被我媽把電視關了。這麼多年我一直都惦記着，後來你們怎麼樣了?」唐冉問。

「我們就像坐在失去方向的熱氣球裏。唐佳霖在冷靜地觀察潛水器儀表，而我卻在認真地考慮要不要寫遺囑。包圍我們的大海既狡猾又神祕，可我那麼愛它！我在心裏想，如果我們能活下來，多聽聽大海的祕密就好了，我會把它們翻譯給很多人聽……那真是漫長的上浮，又冷又睏，好像連我的血液都變成了藍色的。」

「你們自己浮上來的?」

「是啊，推動器自始至終都沒恢復，我們奇跡般地只靠海水的浮力回來了，是大海允許我們活下來的。所以我相信這一次，也會一樣的。要相信，大海可是我們的使命啊！對不對，小付?」

付雲濤打了個盹。他夢見自己變成了一張紙，被封在上顛下倒的漂流瓶裏。船從近旁駛過，可沒有人發現他。他就要這樣永遠漂流在海上了嗎?

不要不要——他猛地醒來。

通信系統為甚麼沒有響?如果母船沒有得到他們的反饋，那該多着急啊！難道他竟然睡了這麼久，錯過了蜂鳴?還是通信系統壞了?他睡意未消便急忙去摸對講機，卻發現腳和胳膊都麻了，使不上勁。

似乎發現了他的心急，唐冉安慰道：「我已經和母船聯繫過了，你再睡會兒吧。楊教授見你睡了，才發覺她自己也撐不住了。」

楊敏枕着自己放裝備的橙色大包，也睡着了。

「那你呢?還吐不吐了?」

「沒甚麼可吐的了。還不知道要熬到甚麼時候，我們兩個輪流睡。如果我困了，會叫醒你換班的。」

付雲濤看着潛水器外，一片黑茫茫。茫茫的天，茫茫的海水，母船所在的位置亮着隱約的燈。黑暗卻一直在拉開他們之間的距離，母船變成一座漂流的燈塔，愈想靠近，它漂得愈遠。

真黑啊，他覺得自己也要變成那團黑裏的一部分了。只有借着遠處那點光，才能想起自己在哪，是甚麼人，該做些甚麼。

「雲濤哥，如果到我們的氧氣用完，還無法回到母船，該怎麼辦?你有沒有想過?」

「想過。但我不願意深想。」

「怎麼?」

「如果氧氣耗盡，或者潛水器下沉，那麼我們三個人就必須要出艙。可一旦打開艙門，就會進水。我跳出去沒問題，但在那之後，只來得及再拉上來一個人了……」

唐冉沉默了片刻，再次開口時，聲音平穩冷靜:「楊教授說，我們都是有使命的人，她相信自己不會死。如果非得要捨棄一個人，就捨棄我吧，畢竟我只是個學員。死了我，是對國家損失最小的。」

「甚麼死不死的！以後的路還長着呢！」付雲濤用力拍了拍唐冉的肩膀，「你啊，死不了！就算你不相信我，也總該相信國家，相信母船，更相信『蛟龍號』。別想了，去睡覺吧，這兒有我。」

深夜一點，輪機工揮舞着比胳膊還粗的大鉗子，拆卸着壞掉的摩打。徐老說，摩打的外殼已經碎了，必須用新的零件去代替。不過，這遠不是甚麼容易差事。

海風冷硬，壞摩打又在高處。只得搭建一個簡易吊籠，輪機工站在裏邊，用起重機吊起來。頭頂是起重機巨大的鈎子，風一吹籠子一晃，「吱吱嘎嘎」，搖搖晃晃，像在海面上走鋼絲一樣。風真是大啊，遠處甚麼船的燈光跳動着，火焰一般。

那團火焰竟然逐漸變大、變近，能照到輪機工的臉膛了。火暖烘烘地照着一行字，待一看清楚他就大叫起來，那是大洋一號！

一待大洋一號靠近，付初便看到了媽媽，她穿着出門那天的紫色夾克，手搭船舷，髮絲繚繞在耳邊。

「媽——媽——」付初奮力揮舞着手。

都蘭在忙着記錄儀器的指標，晶亮的眼睛只在他身上流連了一下，揮了揮手。付初發現，媽媽工作的時候，有點兒陌生，有點兒距離，彷彿她正活動在電影的鏡頭下。

「你媽媽怎麼瘦了！」不知何時，老付也冒了出來，「我得給她接到向陽紅9號上補補！」

「喂，爸，我媽過來的目的不是這個吧?」

兩艘船泊在一起，科學家們又是開會又是研討，每個人都神色凝重。「如果不能在氧氣耗盡之前收回『蛟龍號』怎麼辦?必須定一個方案出來。」

「氧氣是大問題，即使他們出艙呼吸，可一打開艙門，水就會灌進去的……」

「壞掉的摩打到底甚麼時候才能修好?」

「很難說……這麼大的摩打，只是拆卸下來就很難了，別說還要再裝一個新的上去。也難為輪機工了。」

「再說我們『蛟龍號』是22噸，不是22斤啊！對於能夠承受這麼大重力的摩打，本身要求就高，安裝程序也很複雜，一時半會怕是弄不好。」

付初和梅蘭竹一邊旁聽，一邊把老付下好的麪條一碗一碗端上來。麪條是船上的夜宵，因為很多人需要通宵值班或者制定科研方案，老付便在每晚十一點左右多加這樣一頓。

梅蘭竹把麪條放下來，還不肯走，聽了一會兒便忍不住問:「這樣讓『蛟龍號』無休止地漂流下去，會不會找不到了?」

有位科學家吸了一口麪條，口齒不清地說:「不會的，『蛟龍號』上有定位系統，不然它在海底時，向陽紅9號怎麼能跟着它呢?小姑娘，廚房有大蒜嗎?我想嗑一瓣。」

徐老看向顯示着「蛟龍號」定位的屏幕，臉色漸漸凝重，「小姑娘說得對。海底和海面的情況完全不同，所針對的定位方案也應該不一樣，所以現在的定位不一定最準確，只是大體方位。」

「那怎麼辦？」想要大蒜的科學家一筷子的麵條都散了。

「可以在『蛟龍號』上裝雷達，大洋一號和向陽紅9號都來搜尋這個雷達的信號。」都蘭舉起筷子，交叉在一起，「兩條相交線一定位，中間重疊的那個點，就是『蛟龍號』的最準確定位。」

「那這麼說，還需要有人去給『蛟龍號』裝雷達？」

船長面露難色，「蛙人們的橡皮艇到不了那麼遠的地方。」

梅蘭竹沒有放棄，「那為甚麼不用海龍號呢？大洋一號上的海龍號，那不也是潛水器嗎？它的機械手是不是可以幫『蛟龍號』裝雷達呢？」

都蘭眼前一亮，「我覺得這是個好主意，可以試驗一下。海龍號是無人下潛器，靠遙控來行動，甚至兩個孩子都可以完成。」

「那……我可以遙控它嗎？」梅蘭竹躍躍欲試。

都蘭連忙解釋：「我只是打個比方，不是說真的由孩子來操控。」

徐老把筷子往面前的碗上一擱，「我倒是覺得，由他們來操控，可行。」

海龍號像是一個薑黃色的盒子，被壓得扁扁的。黑夜中，那種黃色反着光，入水無聲無息。它只需要一根臍帶般的電纜就可以和母船溝通，而操作它的人則需要鑽入母船上的模擬器中。這個模擬器比「蛟龍號」的模擬器還要小。梅蘭竹覺得，自己彷彿變成了一張摺疊的紙，被塞進了一個漂流瓶裏。做紙的感覺不怎麼好，又冷又潮，坐立不安。

他們在屏幕上看到了海龍號拍攝的海底照片，在海底火山附近，豎立着一叢叢「黑煙囪」。原本曾被人認為寂靜無聲的海底世界，卻悄無聲息地繁衍着千奇百怪的生命。白得像瓷器的蟹，密密麻麻地覆滿岩石；數不清的貽貝，毫不吃力地在海流中張合、覓食；還有羽毛一般插在石頭上的未知生物，彷彿是某種鳥類為了求偶而張開的豔麗尾部……

梅蘭竹瀏覽完所有資料，開始研究起操控按鈕。按照徐老的說法，會用電視遙控器，就會操控海龍號，但她卻看不懂這些按鈕的意思。

「不會了吧？蒙了吧？操作說明在我這裏，我跟我媽要的！」付初揚了揚手裏的小冊子，「你羨慕我吧？」

「簡直是嫉妒……有媽疼的孩子真好！」

付初瀏覽了一遍小冊子，信心滿滿，「很簡單，這真的和電視遙控器差不多。」

他一邊說，一邊照着小冊子的說明操作。屏幕上顯示出了海龍號的狀態，把目的地和任務設置好後，它像突然有了鮮活的生命，墜入大洋。巨大的水花開出，旋轉翻滾，海面被切開，轉眼又癒合。那如虹的氣勢，即使在屏幕上看，也宛如身臨其境。

「這樣就可以了嗎？這麼簡單？」梅蘭竹問。

突然，「嗡」的一聲，周圍落入了漆黑中。

「怎麼了？」

付初還在茫然四顧，梅蘭竹已經反應過來，「可能是停電了。維修出故障的摩打要用大量的電，船上的發電機大概過載了。」

「我們趕緊出去吧，這兒有點兒嚇人。」付初說。

「可是海龍號還沒完成任務，我們不能走的。」梅蘭竹推了推模擬器的艙門，那扇門紋絲不動，「而且這個，似乎是要用電才能打開的。也就是說，我們也被困住了……」

「這裏邊的氧氣會不會耗盡？」

「不會的，母船一定在想辦法維修。而且這不是真正的潛水器，只是一個模擬艙。即使這是在真正的潛水器裏，遇到故障，只要降低活動量，靜止不動、沉默不語的情況下，也可以延長生命。」

「我倒不是真的怕，」付初覺得自己被看輕了，連忙解釋，

「主要是你怕黑不是嗎?像你這麼堅強的女孩怎麼會怕黑?是那場事故的後遺症嗎?」

梅蘭竹從口袋裏翻出手機，手機上的電量只剩下20%了。她打開手電，目光像這白光一樣銳利，「你調查過我?」

「呃……當初我懷疑你是間諜，還跑去查了一些舊新聞。你想做潛航員，是不是因為家人的骨灰都在海裏，想去看看?」

「你曾經把我當成壞女孩了吧?」

「是有一點兒。」

「其實是我該說對不起。」

「為甚麼?」

「因為是我主動要求來操作海龍號的，本來這一切都該和你無關，現在卻把你給困進來了。」

「我倒是挺開心的。」

「開心?」

「有沒有發現，你好像不怕黑了?只要克服了這一關，你就是無敵的！」

梅蘭竹在黑暗中笑了，笑的漣漪擴散出去，直到被外邊劇烈的拍打聲所截住。整個艙壁「砰砰」地響了起來，聲音急切如鼓點。

付初跳起來，「有人來找我們了!」

他們爬起來，雙手拍擊艙壁作為回應。「咚、咚、咚——」

那聲音聽起來，像是海洋的心跳。

付初和梅蘭竹推了推海龍號模擬器艙門，打開了！他們順利來到甲板上。濕漉漉的海霧揚過來，全船上下都還在忙碌。

壞摩打足足修理了七八個小時。停電之後，輪機長和電工只能輪流靠着月光，努力看清每一個精巧的部件。海風瑟瑟，他們站在吊籠上，上下不沾，彷彿停留在天空和海洋之間的縫隙中。

深夜兩點，輪機工舒了一口氣，「終於好了。」壞摩打卸下，新摩打換上，搶修發電機的工程也告捷了。

電流重新回到了所有的電路中，新摩打也運行正常，暗了幾個小時的燈一瞬間全部亮了起來。

但輪機工沒有立刻下來，他仍然站在高處，若有所思。他俯瞰着整艘船，只見它彷彿是一座城市，黑色的小點忙忙碌碌、各司其職，無人鬆懈。他暫時還不想回到那忙碌中去，在黑暗中，他摸到自己臉上的淚。幾天前，家裏發來郵件，說父親去世了，他甚至都沒能見上最後一面。這麼多天，他對誰也沒說。說甚麼呢？現在，在無人的高處，在太平洋的環流之上，他終於可以痛痛快快地哭上一場了。

此時，向陽紅9號和大洋一號的監控屏幕上同時出現了「蛟龍號」的定位，兩個坐標的延長線相交處，就是最準確的位置。兩個孩子成功了！徐老通知「蛟龍號」，母船決定在清晨五點回收潛水器，請他們三人做好準備。

地球的一半在沉睡，一半正在醒來，然而向陽紅9號是不眠的。海風吹得天旋地轉，浪湧起來像是一座座小山，劈面而來。站在這裏，人和水珠沒有區別，都在揚起、落下，誰都無法在動盪的世界裏尋找自我。付初和梅蘭竹都睡不着，索性決定在甲板上等待回收。

不到五點，所有人員都已經就位。天呈現寶藍色，海平面的顏色更濃烈，天和海吸收了彼此的色彩，時而親吻彼此，時而分割彼此。過了一會兒，天空又變得傷痕累累，佈滿層疊的灰色雲塊，海浪則退到遠方偃旗息鼓。

甲板出奇地安靜，「蛟龍號」上的雷達時不時閃過一絲鐳射般的紅光。那道光浮浮沉沉，牽連着所有人的目光。

一切都在有條不紊地完成，向陽紅9號接近潛水器，橘色的蛙人小艇漾起浪花，來到「蛟龍號」身旁。蛙人爬上「蛟龍號」的背，掛上主吊纜，那一聲輕微的「喀嗒」，像一枚扣子鎖進扣鼻一般。

「蛟龍號」活了，擺動尾部，紅色的背部如一面旗幟，切入、露出。緊接着，主吊纜被拖曳着，把「蛟龍號」一股腦兒地提了起來，畫出一道銀色的短弧。如同蒲公英的根找到了土地，終於，「蛟龍號」在向陽紅9號的甲板上安頓了下來。

沿着藍色的扶梯，手腳並用地爬上岸，這樣簡單的動作，唐冉他們三人卻彷彿花了一個世紀去完成。唐冉打頭，楊敏在後。太陽已經升起，甲板炙烤得溫熱，大家在微笑、在歡呼，卻眼含熱淚。

付雲濤最後一個出現，他環視四周，拿起對講機，「報告，下潛人員出艙完畢！」

付初跑過去，遞上了早已準備好的國旗，梅蘭竹把餐廳桌上擺着的花紮成一束抱了過來，獻給了楊敏。唐冉一下子躺到甲板上，用國旗覆蓋着自己的臉龐，他不希望讓人看到淚水。堅實的甲板一寸一寸延展，擁抱着、搖晃着他。

二十二個小時了，他在海中漂浮了將近一天一夜的時間，終於回到了最親切的母船上，這感覺真好！

甲板上擱置着幾大桶水，不知是誰喝了一聲，彷彿約好了一般，大家搬起水桶，對着三人兜頭澆下來。唐冉是頭一遭，被激了一下，大叫着跳起來。

「這是船上的儀式，每個上浮的人都要被澆一桶海水。好好享受吧。」付雲濤拍了拍他，自己也淋了一身。

唐冉一臉茫然地看着自己頭上滴下來的水，「這海水，怎麼是黑色的?」

「那是醬油，哈哈哈，我特地給你準備的。」老付踱過來，指指另外一桶，「怕你冷，這還有一桶熱水呢。要不要再來一桶?」

唐冉看到老付，就想起了那隻牛背鷺。他四下搜尋，哪兒都找不着，便問：「哎，老付，那隻等我回來的牛背鷺呢?」

老付聞言，臉上的笑容漸漸隱去，「哎，你說那鳥兒啊……魚蝦都不吃，廚房裏的東西都餵遍了，甚麼都不肯吃。我查過了，牠應該是生活在濕地的，吃牛背上的寄生蟲。唉，我這兒哪弄活牛去!就……沒餵活。」

牛背鷺躺在盛魚的箱子上，潔白的塑膠箱，泛着魚腥味。箱子裏，是剛網上來還來不及收拾的魚蝦，在蹦跳着頂着箱蓋。旺盛的生命力漸次消失，影子般融化在不再流動的海水中。

唐冉蹲下來，輕輕撫摩牛背鷺。你啊，來錯了地方，認錯了故鄉，但是現在這些都不重要了，我會給你舉行一個海葬的，海底也有森林，也有草叢，有閃動如鳥的魚羣。

「在那兒，別再不吃東西了。」

老付歎口氣，急着進廚房煮餃子去，付初跟着溜進廚房，叫了聲：「爸！」

老付回頭，伸出一隻胳膊摟了摟他，另一隻手攪動餃子防黏，「哎，給你包了點黃花魚餡的餃子，一會兒就出鍋了。你先和唐冉陪着徐老說會兒話去。」

「不用，唐冉和梅蘭竹陪着徐老呢。我能幫你甚麼嗎?」

「那你幫我看着火吧。我得下倉庫翻翻菜去。」

「翻菜?」

「咳，這船上的廚子幹的是粗活。上船前，裝了四十多噸的肉啊菜啊，每天都得進冷庫歸置歸置。比如說，綠葉蔬菜得頭一個月吃完，耐存的菜，像洋葱、薯仔、紅蘿蔔，就留在後邊吃。不說了，我得下去了。」

「爸……」

「又有甚麼事啊?」

付初衝上去從背後抱住老付。爸爸的氣息浸着微微的汗味和海風味，從他肉乎乎的背部傳出來。他把頭埋進去，深深吸了一口，低聲說:「爸，你辛苦了！」

尾聲

太平洋的中部，一條看不見的線將地球分為東、西兩個半球，那是國際日期變更線。向陽紅9號此刻正壓在這條線上馳騁。

船長說：「每次從西向東航行通過這條線時，船就會重複一天日期。而由東向西航行經過時，會跳過一天日期。」

「那我們是重複一天呢，還是跳過一天？」付初問，「我在船上已經完全迷失方向感了。」

「我們今天凌晨通過這條線，日期將重複一天。」船長在航海地圖上用筆帽輕輕畫下一條線。

「那就是說，我們過了兩次同一天！」唐冉說。

船長笑笑，「一般人一生中不太可能遇到這樣的事，我們和大洋一號的科學家打算慶祝一下。」

「那怎麼慶祝呢？大吃一頓嗎？」付初腦海裏浮現出一桌滿

漢全席。他想，這還不得累死老付？他得幫老付做幾個菜了。他會做甚麼菜呢？涼拌花生米好像還算拿得出手。

船長掃視全船，「經過和政委、科學家的討論，我們一致決定，慶祝方式是——升、旗！」

升旗儀式定在早上八點。船上沒有人賴牀，早早地，全船的人都集合齊了。

不湊巧，這又是一個陰鬱的雨天。風愈颳愈急，A型架發出尖厲的嘯音。海上的視野是滿眼的藍，那藍時刻變化着，從靛藍到墨藍。沒有太陽，國旗就是太陽。

深藍色的海上人，在白色大船上列隊。政委宣佈：「升旗儀式開始！」國歌與國旗一起徐徐升起，許多人輕聲哼唱着國歌。

一艘船就是一曲樂章，每個人都是一個音符，在協奏中發出不可替代的音節。歌聲像白色的浪花一般湧蕩在人們的心頭，就像燕鷗鳴叫着越過航線上空。

雖說是「放假」，可升旗儀式結束後，大家不得片刻安逸，又各自忙碌起來了。楊敏回到船艙內整理樣品。她一邊哼歌，一邊給生物樣品編號，放進冷櫃。沉積物樣品要量大小，分析化學成分。唯一可惜的是，海參和獅子魚在上浮過程中因為壓力變化，已經成了一灘肉泥。處置好樣品後，她從「蛟龍號」的採樣籃裏撈出一塊小魚形狀的泡沫塑膠，這是她下潛之前特地放進去的，因為深海壓力的原因，原本A4紙大小的泡沫，只剩下餅乾那麼大了。她打算把它送給唐冉做紀念品。

當她在甲板上找到唐冉時，卻發現他的眼睛是濕潤的，像春天破冰時升起白霧的湖水。她看了看海面，又看了看付初腳下曾經盛放牛背鷺的空塑膠箱，瞬間甚麼都明白了。

「看來下次我應該做一塊牛背鷺送給你。」她嘀咕着走開了，把泡沫小魚放在唐冉腳邊。

過了一會兒，唐冉問付初：「你上次勸我去參加高考。要不，我去試試？」

「去啊！當然要去！就考我們的海洋大學吧。這次的科學家有好多都是那所學校畢業的。只是，你應該挑一個好專業，最好和『蛟龍號』有點關聯。」

「就學生物吧。」

「生物好，生物好，海洋生物！」

唐冉搖搖頭，「甚麼生物都行。再遇到船上迷路的鳥兒，我就不會乾瞪眼，讓牠死掉了。」他們注視着海面，水手們在網魚。撈上的章魚在甲板上翻捲，迅速地變換體色，好像學會了變臉。這是牠最絢爛奪目的終極表演。而其他「落網之魚」則繼續從容地向前，伴隨着大船的引擎聲，默默遠去。

梅蘭竹坐在A型架下歇息，忽然聽到通知，要她去船長室，說有她的衛星電話，是謝蒙打來的。

「謝蒙為甚麼要找我？還把電話打到船上來了？」

梅蘭竹疑惑地走進船長室，接過電話，聽了一會兒。她雙脣緊抿，雙眉之間蕩起波紋，就像是甚麼痛苦的事情正把她拖進自己的巢穴中。

港口的海鷗低飛，無論晴天或雨天，牠都毫不在乎，只顧讚美自己的翅膀和自由。

可這對於內心焦急不安的人來說，毫無意義。在電話裏，謝蒙同情地說：「梅隆自動申請去西部地區孤兒院工作，你快回去告個別吧。」

船長為梅蘭竹破例一次，停靠在一處不在計劃內的港口，好方便她往回趕。船行駛得太慢，大海如此難以橫渡。下了船是飛機，飛行路線圖上畫的是一條直線，她來回看着起點和終點，恨不得一步跨過去。

付初跟老付要了些方便帶的吃食，放進她背包裏，但她甚麼都吃不下。

好不容易來到孤兒院門口，遠遠地，她看到梅隆拎着一個巨大的行李箱上了一輛機場大巴，她連忙跑上去。

就差了一步，大巴司機啟動了車子，梅隆在低頭查看手機，沒看到她。梅蘭竹覺得心裏有一隻小手正在撕扯着，像撕毛衣上起的球一樣。

她跟着那輛大巴跑起來，跑得腳都要離地起飛，可無論如何還是追不上它。就在車輛拐彎的一瞬間，梅隆抬起頭，從一閃而過的車窗中看到了她，驚醒般地跳起來。

玻璃窗上閃過樹木，葱葱蘢蘢地，印在梅隆顫抖的嘴唇上。然後樹葉隨一陣秋風掉落下來，滿地都是剛開始泛黃的葉子，梅蘭竹的鞋踢開它們，括出一條疤痕一般的路。

她直直地追着那輛車奔跑起來，「爸——爸——爸爸！」

為甚麼，為甚麼她沒有早一點兒叫他一聲「爸爸」呢？

陽光落地即溶，呼喊聲也「咻」的一聲化在了金色中。在車輛的拐彎處，視線再也不能跟隨的地方，一片樹葉攪亂了流動的薄霧。

那是二月的事，梅蘭竹十二歲，梅隆三十六歲。

她打賭要拿下「蛟龍號」少年潛航員的考試，而他則決定在這個滿是上坡下坡的城市教更多的孩子學會騎車。半年過去了，她失敗了，他也失敗了。

一切又都回到了原點。打包搬家的時候，梅蘭竹想。這麼多年來，她小小的房間早就被各種東西塞滿。可是搬家時，只能選擇能收進一隻皮箱的必需物品。思念必須能夠拎包而起，大部分的東西都太大了——用不了幾次的豆漿機和「叮叮當當」的杯子，還有一櫃的舊衣服，只能被打包堆到門口，養父母堅持要她穿上他們剛為她買的新衣服。

養父母來自北京，家裏還有兩隻貓和一隻狗。他們說北京有故宮和長城，還有各種各樣的胡同。他們給她報了一所胡同裏的小學，還打算帶她學習擊劍和滑冰。

她在空空蕩蕩的牀上躺下來，箱子在一旁堆得高高的。還有一晚，所有即將離開她的東西還能再陪陪她。她的窗外，是一個小型足球場，總有健康的少年，活躍生猛，一遍遍在教練的吆喝聲中學會運用力量。

流雲不捨晝夜，聲音和燈光在暗下來的光線裏輪番上映，回憶就像風箏，高低自由。清晨五點，梅蘭竹打開門，穿戴整齊，養父母來接她去機場了。最後除了一隻箱子，她甚麼都沒帶走。有些東西是永遠無法帶走的，比如大海。

提前兩個小時到機場等候，這讓她有機會見識最早班的地鐵。打着呵欠抄着手的安檢人員幫她提箱子；把報紙疊成一個豆腐塊再看的上班族和抓緊時間補覺的學生，搖搖晃晃、事不關己。清早的陽光像是吸收了他們的能量才升起的，那麼奪目，那麼嶄新，那麼不顧一切。

過了安檢後，她站在巨大的落地窗前，看飛機起落。

太陽光反射在機翼上，這應該是記憶裏最明媚的一天。她在落地窗前逆光站着，等待的乘客們面目模糊，他們近半數都買好了返程票。只有她沒有，她手中的單程票只能帶來真正的離別。

「我就要走了，可我以後還會回來的。」她低聲說。

以後，那是多久呢?她問自己，也許是長大後吧。那真的還要好久好久呢！

突然，隔着安檢口的傳送帶，她看到付初沐浴在金黃裏對她笑。付初兩側，謝蒙和沈魚一左一右鑽出來。

直到此刻，梅蘭竹才體會到心中的複雜情緒，她望着付初時，又羨慕又惆悵：他像太平洋裏的領航鯨，總有辦法去夢想之地。而他巡游至此時，把那種熒光一般的熱情揮灑到了她的身上。可是，無論她多麼珍惜，還是要失去。

付初走到傳送帶邊，把一個包裹從那頭放進去。

「唐冉去報名高考班了，來不了，我們一起挑了這個禮物，帶上吧！」為了抵抗機場的噪音，付初大聲說道。

「在北京不開心了就回來，我們等着你！」沈魚說。

「在那邊想吃唐冉家餛飩了，說一聲就行，我們給你寄速凍的過去，管夠！」謝蒙跟上。

梅蘭竹點點頭，天知道她有多捨不得！她想留下來，再一次登上那艘潔白的大船，再一次把國旗捧在手裏……

養父母在叫她了。機場廣播台也在提醒，登機口即將關閉。

養母牽起她的手，往登機口走：「來不及了，來不及了，我們得快點！」

在回過頭的一瞬間，淚水奪眶而出。她把夢想和夥伴們留在身後的這片大地上，將要隻身面對陌生的未來。

坐在飛機上，引擎巨大的轟鳴聲中，她打開包裹，一團紅光。那是一個「蛟龍號」的模型，手掌大小，有點分量，上紅下白，浮游款擺，像是一尾白魚躥進火紅的爐窯。

在繫安全帶時，「蛟龍號」的模型落到她的膝蓋上，腹部露出一排貼紙，像是唐冉貼在氧氣瓶上的那種貼紙，兩張貼在一起：梅花和一條捂着肚子的魚。那腹瀉魚不能再形象了，而那朵梅花，毋庸置疑，是她。

她不知道，夥伴們正注視着那架飛機從機場騰空而起。對着飛機，他們一齊舉起「蛟龍號」的模型，流暢的線條充盈了光，彷彿充滿生命的汁液。

倏地，天空撲面而來，大海徐徐展開。在那之上，她如同一尾飛魚，正輕輕橫渡。

作者手記

深潛

我是個與海結緣特別深的孩子。我生在海邊，名字裏都是「水」，父母的職業也都與海洋有關。

十幾歲時，媽媽因參加公海劃界項目隨大洋一號出海航行了一個月，寄回一本她自己寫的航海日記給我。裏邊描寫了海上的日出、伴游船側的海豚，還有剛被魚叉叉到甲板上、不停變換顏色的章魚，以及被一望無際的海洋包裹所產生的孤獨和壯美感。

夜晚，我跑到海邊，目光所及之處，黑潮湧動，船上的燈光冷冷地閃爍在天幕與海平面相接的地方，像是星星在海上游蕩，同時垂釣着我對媽媽的思念和對海的全部幻想。

我想，整個人類都對海洋有着隱祕而瑰麗的幻想吧，可是只有科學能還原海的真實。

我國自主研發的載人深海潛水器「蛟龍號」的出現，給予了人們揭開海平面面紗的機會。2015年，搭載「蛟龍號」的母船向陽紅9號停靠在青島港的國家深海基地碼頭，與此同時，國家深海基地正式啟用。

有一件大事就發生在身邊，身為「海洋人」後代的我，豎起了渾身的雷達。我想，我為甚麼不寫一本關於深海和「蛟龍號」的故事呢？這個選題讓我很興奮，於是，在自然資源部北海分局和國家深海基地管理中心的幫助下，我得到了採訪「蛟龍號」科研團隊的許可。

採訪時，我聽到了很多驚心動魄的故事。我印象最深的是潛航員面對各種突發情況的冷靜，以及他們為整個下潛事業所付出的一切。

潛航員傅文韜的一段話特別打動我。我問他：「下潛到幾千米深的海底，真的不害怕嗎？」

他回答：「我對『蛟龍號』是很有信心的，安全問題我是一點兒都不擔心的。」

我又問：「那家裏人擔心嗎？」

他答：「那就不告訴家裏人，免得他們擔心啊！」

另一位潛航員唐嘉陵話不多，可是每次都非常熱情、誠懇，有問必答。當我說，我寫的是兒童文學時，他立刻溫柔地笑了，說他的兒子才三歲，每次都會指着「蛟龍號」的模型喊：「爸爸。」可是，要跟兒子解釋「蛟龍號」是甚麼，實在太難了，有了這本書，他以後就可以唸給兒子聽了。

懷着極大的好奇，我走入了「蛟龍號」的車間。在這裏，工程師們面對着滿地的儀器設備和零件，一樣樣核對當天的任務。車間隔壁的一個房間是專門用來給潛航員練習機械臂抓取動作的，潛航員需要在這裏練習上千次才能在水底完成精準、微小的動作……

下潛深度7062米，這個榮耀的數字閃爍的，是人類的智慧和探索未知永不滿足的腳步。

這是一羣英雄，他們把夢想奉獻給海洋，陪伴家人的日子少之又少。在向陽紅9號這艘大船上，在遠離大陸的地方，潛航員和工作人員連親人生病、離世，新生兒的出生都可能無法親自到場。這些生命最重要的時刻留給他們的是大面積的空白，可他們無怨無悔。這是為了國家，更是為了全人類的藍色夢想。

這本書的創作過程對我來說更像是一場沒有考試的自修。我看了所有「蛟龍號」的紀錄片，所有能買到的相關書籍，所有深海基地和自然資源部北海分局分享給我的資料，然而還是有無數的問題不停冒出來、冒出來：怎樣把這麼多深奧的科學知識和專業名詞用更淺顯而準確的文字告訴孩子們？怎樣讓孩子真正了解科研團隊的訓練和工作的流程，切身感悟他們的刻苦、嚴謹、勇敢和熱情？……

最後，我決定讓一羣來自不同家庭、為了同樣的夢想而走向「蛟龍號」的青少年們自己敍說。在現實中，他們只能懷着好奇遙望「蛟龍號」，但在我的故事裏，他們和潛航員們成為朋友、參加了少年下潛員的選拔、模擬操作「蛟龍號」潛入深海，還運用自己的智慧化解了「蛟龍號」遇到的危險。雖然，他們是虛構的人物，但他們用靈動的眼神鼓勵我、驅動我，使我的故事逐漸豐滿、成型。

完成了這本書，我也完成了自己的一次下潛。

十幾歲的我，那個對着媽媽的航海日記嚮往不已的少女啊，我是否也圓了你一個夢呢?

于瀟湉

於2019年1月

深藍色的七千米

于瀟湉 著

責任編輯：華　田
裝幀設計：華　田
排　版　：華　田
印　務　：劉漢舉

■ 出版 ■
中華教育
香港北角英皇道 499 號北角工業大廈 1 樓 B
電話：（852）2137 2338　傳真：（852）2713 8202
電子郵件：info@chunghwabook.com.hk
網址：http://www.chunghwabook.com.hk

■ 發行 ■
香港聯合書刊物流有限公司
香港新界荃灣德士古道 220-248 號
荃灣工業中心 16 樓
電話：（852）2150 2100
傳真：（852）2407 3062
電子郵件：info@suplogistics.com.hk

■ 印刷 ■
美雅印刷製本有限公司
香港觀塘榮業街 6 號海濱工業大廈 4 樓 A 室

■ 版次 ■
2022 年 2 月第 1 版第 1 次印刷

■ 規格 ■
230mm × 160mm
ISBN：978-988-8760-36-7